Malévola: a Rainha do Mal

Universo dos Livros Editora Ltda.
Avenida Ordem e Progresso, 157 - 8º andar - Conj. 803
CEP 01141-030 - Barra Funda - São Paulo/SP
Telefone: (11) 3392-3336
www.universodoslivros.com.br
e-mail: editor@universodoslivros.com.br

SERENA VALENTINO

Malévola: a Rainha do Mal

A HISTÓRIA DA FADA DAS TREVAS

São Paulo
2023

Grupo Editorial
UNIVERSO DOS LIVROS

Mistress of all evil
Adapted in part from Disney's *Sleeping Beauty*
Copyright 2017 © Disney Enterprises, Inc.
Published by Disney Press, an imprint of Disney Book Group.
All rights reserved.

© 2018 by Universo dos Livros
Todos os direitos reservados e protegidos pela Lei 9.610 de 19/02/1998.
Nenhuma parte deste livro, sem autorização prévia por escrito da editora, poderá ser reproduzida ou transmitida sejam quais forem os meios empregados: eletrônicos, mecânicos, fotográficos, gravação ou quaisquer outros.

Diretor editorial: **Luis Matos**
Editora-chefe: **Marcia Batista**
Assistentes editoriais: **Aline Graça e Letícia Nakamura**
Tradução: **Cristina Calderini Tognelli**
Preparação: **Cely Couto**
Revisão: **Juliana Gregolin e Geisa Oliveira**
Arte e adaptação de capa: **Aline Maria e Valdinei Gomes**

3ª reimpressão

Dados Internacionais de Catalogação na Publicação (CIP)
Angélica Ilacqua CRB-8/7057

V252m Valentino, Serena

Malévola : a rainha do mal : a história da fada das trevas / Serena Valentino ; tradução de [Cristina Calderini Tognelli]. -- São Paulo : Universo dos Livros, 2018.
240 p.

ISBN: 978-85-503-0288-1
Título original: Mistress of all evil

1. Literatura infantojuvenil I. Título II. Tognelli, Cristina Calderini

18-0157   CDD 028.5

*Em memória de minha irmãzinha Jesse,
minha linda e particular fada das trevas.*
— *Serena Valentino*

PRÓLOGO

O castelo da Fada das Trevas estava sinistramente destacado contra o céu tempestuoso em virtude de uma névoa verde incandescente e esplêndida, em espiral. De súbito, um jorro de luz verde disparou a partir da torre mais alta, alertando cada criatura nas proximidades de que Malévola estava absolutamente furiosa. Seus lacaios estremeceram quando o castelo tremeu com força devido à intensidade da sua fúria, fazendo com que seu amado bando de corvos levantasse voo. Por quase dezesseis anos suas criaturas estiveram à procura da princesa Aurora. Tudo em vão, porém. Agora a garota voltava para casa, no castelo do Rei Estevão, para celebrar seu décimo sexto aniversário, pronta para assumir seu lugar na Corte Real.

Malévola andava de um lado ao outro em seus aposentos privativos. Não conseguia localizar as irmãs esquisitas com seus corvos e suas gralhas.

— Por que não me deram ouvidos? — murmurou furiosa. — Elas *jamais* deveriam ter confiado em Úrsula!

Malévola precisava das irmãs agora mais do que nunca e temia que tivessem desaparecido. Aproximou-se do espelho encantado pendurado na parede. As irmãs esquisitas deram-no a ela muitos anos atrás.

— Mostre-me Lucinda! Mostre-me Ruby! Mostre-me Martha! — ordenou. A superfície do espelho tremulou com uma luz violeta brilhante. A Fada das Trevas nunca dominara completamente a magia do espelho como as irmãs o faziam, e raramente usava o presente dado. No entanto, um instante depois, imagens enevoadas das irmãs apareceram no espelho. Caminhavam sem destino em um grande cômodo refletido. Pareciam estar chamando um nome repetidamente, mas Malévola não conseguia discernir suas palavras.

— Lucinda! Consegue me ouvir? Irmãs! Preciso de vocês! — Malévola exclamou. Por um momento, acreditou que as irmãs a tivessem ouvido porque abruptamente deixaram de vaguear.

— Irmãs! Onde vocês estão? Preciso da ajuda de vocês com Aurora! — Malévola gritou.

De repente, a imagem de Lucinda ficou mais definida no espelho. Seu rosto tremulou na névoa púrpura da magia enquanto anunciava ordens frenéticas à Fada das Trevas.

— Você precisa entrar no castelo, Malévola! Vá através do fogo! Através da fumaça! Através de rimas! Vá por quaisquer meios disponíveis, mas vá! Crie o instrumento mundano para arruiná-la se for preciso e mande-a para o mundo dos sonhos. Estaremos esperando por ela. Mas você tem de encontrar um meio de garantir que ela nunca desperte! Nossos poderes não são os mesmos neste lugar. Tudo depende de você! Agora vá!

E assim, tão rápido quanto surgiu, Lucinda desapareceu. Malévola viu apenas seu próprio rosto verde refletido na superfície do espelho. Por mais que clamasse por Lucinda e por suas irmãs, Malévola não conseguiu convocá-las de novo. Estilhaçou o espelho em pedaços minúsculos com seu cajado, mais zangada do que nunca por conta da tolice das irmãs esquisitas.

Malévola se voltou para seu amado corvo de estimação, Diaval, que estava empoleirado em seu ombro.

– Ao que parece, as irmãs esquisitas estão perdidas na Terra dos Sonhos. Eu lhes alertei que algo assim aconteceria caso ajudassem Úrsula! Não me deram ouvidos, as *tolas*!

Malévola apertou o cajado com ainda mais força. A esfera verde no topo começou a brilhar.

– Usarei fogo, fumaça e rimas! Aquelas fadas intrometidas acreditaram que poderiam manter sua adorada Rosa escondida de mim. Pensaram que a manteriam a salvo. Mas sei que o rei e a rainha estão com sua preciosa princesa dentro do castelo neste exato instante!

Malévola avançou para junto da lareira.

– Usarei fogo! – exclamou ao bater o cajado com força no chão de pedras. O castelo sacudiu quando uma labareda alta se fez na lareira, acompanhada por um fogo idêntico no quarto da Princesa Aurora. Através das chamas, Malévola viu Aurora chorando. – Pobrezinha, ela não sabe que seu noivo é seu amor verdadeiro! Melhor assim.

– Agora usarei rimas – Malévola declarou, apagando o fogo e fechando os olhos conforme as palavras de seu feitiço maligno rodopiavam em seus pensamentos.

Leve-me à Rosa querida
e torne esta história finda.
À noite, toque o fuso,

por fogo e fumo por mim aceso.
O sono possuirá sua Rosa amada,
em seu repouso para sempre enclausurada.

Um fio de fumaça rodopiou agourento a partir da lareira de Aurora. Os olhos amarelos de Malévola contrastaram reluzentes contra a escuridão da lareira quando ela se transportou até o castelo do Rei Estevão.

Enfeitice a Rosa com o brilho abrasador,
sem susto, sem tristeza, sem fugir do temor.
Que ela siga sem desespero,
para dormir eternamente sem esmero.

Um detestável orbe verde surgiu no quarto da princesa, lançando um brilho verde sobrenatural sobre o rosto pálido da moça quando ela se levantou da penteadeira. A esfera luminosa dançou diante dos olhos dela, enfeitiçando-a a segui-la através da passagem encantada que Malévola criara na lareira. A princesa enfeitiçada subiu atrás do orbe ao longo de uma escadaria fria e escura com um arco que se assemelhava assustadoramente a uma tumba. Malévola ouviu as fadas encrenqueiras entoando o nome de Rosa. Agitando a mão, fechou a passagem, deixando as fadas boas para trás.

Degrau a degrau, Aurora subiu, até chegar à torre mais alta do castelo. A Fada das Trevas transformou a esfera verde maligna em uma roca de fiar. Finalmente sua maldição se concretizaria.

*Assim como gira a roca, o tempo também girará,
divinal e inevitável.
Tecendo minha maldição de sono infindável,
no cenário dos sonhos ela permanecerá.*

A princesa esticou-se para a roca, mas hesitou. Uma força interna parecia se debater contra o feitiço terrível de Malévola.

– Toque na roca! Toque, eu ordeno! – Malévola comandou. Sua bruxaria sobrepujou a pobre princesa, que se esticou e tocou de leve a ponta da roca. A agulha afiada perfurou-lhe a pele, lançando uma sensação doentia por todo o seu corpo. Ela sentiu a vida sendo drenada de seu corpo à medida que tudo escurecia. A princesa desmoronou aos pés de Malévola, escondidos sob o longo manto da Fada das Trevas.

Naquele momento, as três fadas boas invadiram o cômodo, seus três rostinhos repletos de medo e de preocupação.

Malévola zombou do trio.

– Suas *tolas* simplórias! Acreditaram que poderiam me derrotar? A *mim*? A rainha de *todo* o mal!

Finalmente, ela tinha a princesa Aurora.

Depois de todos aqueles anos, sua maldição havia feito com que a princesa amada adormecesse, exatamente como havia decretado. As tentativas delas de mantê-la a salvo tinham fracassado. Com um floreio, Malévola rodopiou a capa para um lado.

– Bem, aqui está a sua preciosa princesa! – acrescentou, rindo em triunfo.

Malévola: a Rainha do Mal

As três fadas boas arquejaram ante a cena medonha. O corpo inerte da bela Rosa jazia no chão frio de pedras. Sua tiara estava largada ao seu lado, como um presságio de que ela jamais se tornaria rainha.

CAPÍTULO 1

A Fada das Trevas

Corvos negros voavam em círculos, seguindo a Fada das Trevas à medida que ela avançava pela floresta desordenada. A cada passo, as árvores ficavam mais densas. A floresta era um ser vivo, movendo-se e respirando. Suas vinhas se curvavam em si mesmas ao redor de tudo no caminho dela, inconscientemente criando uma escuridão penetrante e profunda conforme se amarravam pelas copas das árvores, obscurecendo o céu. Nas sombras, a Fada das Trevas podia manter as vinhas e árvores sôfregas à distância. Mesmo sem compreender essa faceta de sua magia, Malévola usava-a em seu benefício. Em oposição às histórias ao redor da Fada das Trevas, as trepadeiras não se submetiam por completo aos seus desejos. Ouvira histórias de como ela conseguia controlar a natureza. De como ela podia conduzir florestas terríveis a fim de destruir seus inimigos. Era irônico, considerando-se a realidade. A natureza a amaldiçoara por uma transgressão prévia. A natureza era sua inimiga, e aquela floresta não era nada diferente disso.

Ainda que conseguisse manter a floresta ao largo nas sombras, Malévola não tinha absoluta certeza do que aconteceria se abandonasse o amparo da escuridão fornecida pela abóboda celeste. Perguntava-se se seria capaz de afastar a floresta se andasse sob os raios plenos do sol.

Por enquanto, satisfazia-se com plenitude em ver as folhagens cor de esmeralda definhando e se retraindo diante de si por causa do calor que seu cajado irradiava. As árvores nas colinas adjacentes se juntavam às vinhas. A folhagem se misturava, criando uma espécie de exército contra ela.

Não há nada mais assustador para uma floresta do que a ameaça do fogo.

A Fada das Trevas gargalhou ao lançar um jato de luz verde contra os galhos, que se retraíram ante o calor. Desejou que a floresta lhe desse motivos para que lhe ateasse fogo. No entanto, controlou seu ímpeto de destruição, lembrando-se de seu objetivo e de seu destino.

Malévola se ressentia de ter de viajar sob tais contingências; odiou ter se afastado da Bela Adormecida e do príncipe apaixonado que ameaçava seus planos. Poucos dias antes, a princesa espetara o dedo em uma roca, bem como sua maldição decretara. Malévola ordenara que seus lacaios sequestrassem o Príncipe Felipe e o levassem para seu calabouço, onde permaneceria distante da princesa adormecida. Ela não permitiria que ele interviesse em seu plano magistral. Mesmo assim, a Fada das Trevas necessitava de auxílio. Precisava de bruxas – de bruxas poderosas que a ajudassem a fortalecer a maldição da Bela Adormecida de modo que ela jamais despertasse. Se não podia matar a princesa, Malévola teria que se contentar com o fato de Aurora habitar para sempre a Terra dos Sonhos. Por isso, a Fada das Trevas se aventurou no Reino Morningstar.

Como desejava estar viajando a partir de seu método preferido, através das chamas... Porém, queria que as bruxas do Castelo Morningstar tomassem conhecimento da sua aproximação. Queria lhes dar tempo para lamentar a perda da Bruxa do Mar e das irmãs esquisitas antes de chegar. Malévola sabia que o motivo da sua visita seria obscurecido pelo medo se aparecesse sem avisar. Por isso, demorou-se caminhando lentamente até o Reino Morningstar, seguindo seus amados corvos. O dossel florestal estava tão denso nesse momento que ela não via seus pássaros voando logo acima, mas sua magia era forte o suficiente e lhe permitia enxergar o caminho que jazia adiante, por meio dos olhos deles. Adorava esse aspecto da sua magia mais do que qualquer outro. Fazia com que se sentisse voando com eles, livre do mundo. Mas Malévola não precisava de magia para encontrar seu caminho. Os corações das bruxas a atraíam para elas, brilhando como um farol iluminado entre as ruínas de algumas das maiores feiticeiras de seus tempos.

Malévola enviara Diaval na frente até o Reino Morningstar. Conforme a ave circundava o castelo, ela conseguia ver a extensão da carnificina e da destruição deixada no rastro de Úrsula. Envolvida pelos restos da Bruxa do Mar, a antiga fortaleza quase pulsava de ódio. Malévola não amava Úrsula e não lamentava sua perda. Na verdade, acreditava que muitos reinos em terra e no mar estavam melhores sem tamanha bruxa tola e avara por poder. Úrsula arriscara a vida de todos eles ao criar um feitiço tão perigoso pelo qual as irmãs esquisitas agora sofriam as consequências.

Malévola não previa o futuro, tal qual algumas bruxas e fadas, mas era boa juíza de caráter. Pressentira o volume de poder que Úrsula vinha acumulando, e tivera certeza de que a Bruxa do Mar trairia as irmãs. Apenas desejou que as irmãs esquisitas tivessem dado ouvidos aos seus avisos. Malévola outrora as amara profundamente, embora mais recentemente parecessem parentes distantes que mal suportava e às quais evitava sempre que podia. Esforçou-se para se lembrar de como foram um dia, para se lembrar de como as amara. Mas esse sentimento – *amor* – era apenas uma lembrança.

Talvez fosse melhor assim. As irmãs esquisitas tornaram-se um incômodo, enlouquecendo um pouco mais a cada ano. Já não sentia mais a presença delas no mundo – nem em seu coração – e subitamente sentiu uma afinidade com as irmãs como há muito não sentia. Tentou se lembrar de como era preocupar-se com elas – ou com qualquer pessoa, a bem da verdade. Mas não conseguiu. E agora as irmãs estavam perdidas para ela; distantes demais para o alcance da sua magia. Isso quase a entristeceu.

Tristeza. O sentimento se esquivara dela por tanto tempo que sua lembrança era como um sonho embaçado. E era ali que estavam as irmãs: em um sonho, perdidas para sempre para o mundo desperto.

Vagando em sonhos. Sozinhas.

Malévola não desejava pensar no que as irmãs sonhavam ou em como o mundo dos sonhos se apresentava para elas. Viver em um cenário fantasioso equivalia a morar nos lugares mais profundos e sombrios da mente. Não conseguia imaginar quais segredos ganhavam vida para as irmãs em sua nova realidade. Estremeceu ao pensar na Terra dos Sonhos sendo invadida pelos pesadelos das irmãs, e imaginou se elas encontrariam a Bela Adormecida em seu próprio cantinho dessa visão onírica.

Que vão para Hades essas irmãs com seus espelhos, suas rimas e sua loucura! Elas tinham *que salvar sua preciosa irmãzinha!*

Mas a velha rainha no espelho fora quem melhor as definira: *"Como muitas de nós, Malévola, aquelas odiosas irmãs foram incapazes de pensar com sensatez quando sua família correu perigo."*

Malévola rira perante a velha rainha, a quem conhecia como Grimhilde. Dentre tantos absurdos, ela se referir a *família* para Malévola... Mas engolira as palavras como se fossem pedras afiadas, não desejando mencionar a filha da velha rainha, Branca de Neve, que agora vicejava como rainha em seu próprio reino.

O pensamento causou náuseas a Malévola.

Como seria experienciar uma vida tão encantadora? Viver intocada pela discórdia que dilacerara tantos reinos? Mas isso era feito da velha rainha, não? De alguma maneira, a magia dela agora era maior do que durante sua existência. Grimhilde atravessara o véu da morte para manter a filha e a família a salvo. Talvez esse fosse o castigo de Grimhilde por ter tentado matar Branca de Neve quando esta era criança. Grimhilde assumira o lugar do próprio pai no espelho mágico. Seria escrava de Branca de Neve para todo o sempre, assim como o pai de Grimhilde fora dela antes disso. Estava amaldiçoada a ser a protetora de Branca de Neve – sem nunca descansar. Vigiava constantemente Branca de Neve enquanto esta dormia, e para sempre protegeria os filhos e os netos de Branca. Eternamente levando felicidade para aquela pirralha infernal e sua prole.

O amor de Grimhilde pela filha pesou no estômago de Malévola como uma pedra fria, provocando um formigamento que revelava à fada má que ela deveria sentir algo a respeito. Um pressentimento de que isso teria tocado o seu coração. Mas empurrou essa suspeita para junto de outras que habitavam o fundo do seu estômago. Imaginou que todas elas se pareciam com pedaços partidos de uma pedra angular. Imaginou como todas elas poderiam caber ali e como era possível que alguém tão pequeno conseguisse carregar tudo aquilo. Às vezes, sentia que o peso delas a esmagaria; no entanto, isso nunca aconteceu. Supunha que todos carregassem seus fardos ali. Parecia o lugar ideal – perto do coração, mas não tão ameaçadoramente próximo.

As irmãs esquisitas um dia lhe disseram que Grimhilde também mantinha sua dor no estômago. Para a velha rainha, fora como se vidro quebrado estivesse cortando-a por dentro. Malévola perguntou-se o que seria pior: o peso do seu fardo ou a dor de Grimhilde. As irmãs esquisitas teriam lhe dito que ambos seriam capazes de destruir seu hospedeiro. Mas Malévola sentia como se o peso da sua tristeza a mantivesse com os pés no chão, firme. Sem sua dor, ela poderia simplesmente sair flanando.

As irmãs esquisitas decretaram que a rainha pirralha e sua família fossem deixadas em paz, a fim de não enraivecer Grimhilde. Mas Branca de Neve não era completamente intocada pelas irmãs esquisitas, não é mesmo? A velha rainha Grimhilde não podia controlar os sonhos da filha. Isso não lhe cabia. Não era seu domínio.

Os sonhos pertenciam às fadas boas e às três irmãs.

CAPÍTULO II

RÉQUIEM

Duas bruxas, diferentes em idade e em escola de magia, ainda que com corações e sensibilidades muito semelhantes, estavam no alto das colinas uivantes pelo vento, próximas ao Castelo Morningstar. O mar borbulhava com uma espuma negra pútrida, e o céu estava carregado com uma densa, intensa fumaça púrpura que obscurecia a luz do dia e encapsulava o reinado em um véu de sombras.

Em toda parte onde olhava, Circe via manifestações de Úrsula que explodira ao redor deles. Era uma visão nauseante. A destruição escurecia a costa e entristecia os corações das bruxas. Circe teria de usar sua magia para trazer de volta vida e prosperidade ao reino, mas ainda não estava pronta para enfrentar a tarefa – ainda não. Ela sabia que ao fazê-lo estaria obliterando o que restava de sua velha amiga Úrsula.

– Uma velha amiga que arrancou a alma do seu corpo, tornando-a apenas uma casca. A sua e a de incontáveis outras almas – Babá a recordou, lendo seus pensamentos.

Circe apenas sorriu de leve, sabendo que Babá tinha razão. Mas ela via *aquela* Úrsula, aquela que a traíra, como alguém totalmente diferente da que conhecera quando era menina. Úrsula fora uma figura selvagem e carismática. Fora a melhor amiga das irmãs de Circe e como uma tia para ela – uma grande bruxa que trazia bolas de brinquedo e que lhe contava histórias sobre o mar. Esta criatura, esta coisa na qual se transformou, não era a Úrsula que Circe amara. Úrsula se transformara em outra pessoa, em alguém consumido pela dor, pela raiva e pelo desejo de poder. Uma mulher que fora levada às profundezas do desespero por um irmão que a detestava. Circe se lembrou de ter ido até Úrsula naquele dia; lembrou-se de ter pensado que outro indivíduo – não, *outra coisa* – a fitava por trás dos olhos de Úrsula. Foi arrepiante até de lembrar.

Circe teve vontade de fugir dela naquele dia, mas disse a si mesma que tudo não passava da sua própria imaginação. Lembrara-se de que sempre confiara em Úrsula. Jamais imaginara que ela lhe faria mal. Mas, caso Circe quisesse ser sincera consigo, não havia como negar que a *criatura* dentro de sua velha amiga naquele dia quis lhe fazer mal. Circe apenas não quisera enxergar isso antes. Negara seu medo, deixara-o de lado e obrigara-se a ver a mulher a quem amava. E foi assim que permitiu ser capturada pela temida Bruxa do Mar. Foi assim que Úrsula teve a possibilidade de usá-la como peão para manipular suas irmãs.

A mulher a quem ela amava a traíra.

Não, Úrsula traiu a si própria. E agora estava morta, reduzida a nada além de fumaça, barro e cinzas. Estava além do auxílio de Circe. Ainda assim, Circe se torturava com perguntas. Por que Úrsula não a abordara com honestidade? Por que não lhe contara toda a história – a história que contara para as suas irmãs? Ela poderia tê-la ajudado a destruir Tritão sem a necessidade de envolver a filha mais nova dele. Nada disso fazia o menor sentido. Úrsula devia saber que Circe tinha poderes para destruir Tritão, mas também sabia que Circe jamais arriscaria a vida de Ariel.

Maldito Tritão pelo mal que fez à irmã! Amaldiçoado ao Hades pela sua conivência! Que se danasse por fazer Úrsula esconder sua verdadeira identidade. Maldito fosse ele por transformá-la de propósito em uma criatura odiosa!

Ela precisava recorrer a todas as suas forças para não lançar maldições ao Rei Tritão. Desejava dizer-lhe que, quando tocara no colar de Úrsula, ela vira tudo o que Úrsula vivenciara – os motivos da sua raiva, tristeza e dor. Circe ouvira cada palavra violenta e testemunhara todos os atos odiosos que Úrsula suportara de Tritão. Isso dilacerara seu coração, assim como deve ter acontecido com Úrsula. Talvez um dia Circe tivesse a oportunidade de jogar as palavras de Tritão em sua cara. Mas não o faria agora. Não enquanto o ódio por ele ainda latejava com tamanha intensidade em seu coração. A dor era recente demais.

E, então, algo um tanto triste ocorreu a Circe: familiares são capazes de causar mais danos do que qualquer outra pessoa. Famílias eram um sofrimento verdadeiro. Elas têm a capacidade de lhe arrancar o coração como ninguém mais. Podem destruir seu espírito e deixá-lo sozinho nas profundezas emaranhadas do desespero. Famílias podem arruiná-lo, mais até do que um amante seria capaz, e certamente pior do que o mais querido dos amigos faria. Famílias detêm esse poder sobre você.

Circe conhecia bem demais a sensação de ter o coração partido pela família. Tinha suas próprias irmãs problemáticas – as irmãs esquisitas. Elas eram capazes de derrubar uma casa aos berros em um acesso de raiva ou de birra. Mas suas irmãs a amavam apaixonadamente – até demais. Nunca duvidou disso. Sabia que tinha o amor delas e que sempre teria, pouco importando o que lhes acontecesse. Agora suas irmãs estavam aprisionadas em uma morte onírica, tudo porque as deixara e se permitira ser enganada pela Bruxa do Mar. Tudo isso por ter sentido raiva do quanto elas a amavam. Elas a amaram tanto que teriam destruído qualquer um e feito qualquer coisa a fim de protegê-la. E como ela retribuiu?

Ela as condenou por assombrarem a Fera. Gritou com elas por terem colocado a vida de Tulipa em risco. Foram responsáveis por muitas mortes e transgressões. Circe estava certa de que sequer tinha conhecimento acerca de todas elas. Mas nada disso parecia importar agora. Não enquanto suas irmãs jaziam alquebradas, como se estivessem mortas, sob o vidro do domo no solário de Morningstar. Seus olhos estavam arregalados. Por mais que Circe tivesse tentado, não conseguira fechá-los. Será que as irmãs sabiam o que lhes havia acontecido? Lembravam-se de terem combatido o feitiço de Úrsula para salvar a irmã caçula? Será que se lembravam de terem lutado contra o próprio feitiço, tão imbuído de ódio que quebrá-lo exigiu delas todas as suas forças? Para Circe, elas pareciam assombradas enquanto fitavam o vazio. Nenhuma magia era capaz de conferir às irmãs uma aparência de serenidade. Parecia que, mesmo em seu sono, elas estavam sob punição, pagando por cada ato perverso cometido por elas e pelo papel desempenhado na derrocada de Úrsula. Circe se perguntou se as irmãs conseguiam ver que os restos de Úrsula manchavam o vidro do domo, encapelando-se acima, espesso, negro e pútrido. Sentiriam o ódio de Úrsula emanando de cada superfície do reino? Será que Circe estava prolongando a tortura das irmãs ao não limpar Morningstar? Era hora de seguirem em frente – de libertar o castelo dos restos de Úrsula. Mas como? Para onde a magia de Circe os mandaria? Qual seria o protocolo para quando uma bruxa do calibre de Úrsula morria? Quais seriam as palavras a serem pronunciadas? A cabeça de Circe girava com tantas perguntas.

Como honrar uma bruxa que a traiu?

– Nós a deixamos descansar em paz – Babá disse com suavidade, passando um braço ao redor dos ombros de Circe. – E limpamos a terra. Venha, minha querida, eu a ajudarei.

Capítulo III

A grande Rainha do Mar

O Farol dos Deuses reluzia magnificamente sob a rútila luz solar enquanto as bruxas permaneciam de pé, em silêncio, para honrar a Bruxa do Mar. Flores rosa, roxas e douradas choviam sobre a multidão agrupada para prantear o falecimento de uma rainha grande e temida. Babá acomodara os restos de Úrsula em um barco construído a partir de uma delicada palha dourada, e adornado com lindas conchas e areia branca brilhante. O barco cintilava sob o sol e se refletia belamente na água turva. As ondas brilhavam com a palha dourada que se misturava com as flores em sua superfície. Circe deu um leve empurrão no barco, afastando Úrsula para as ondas.

– Adeus, ó grande bruxa – disse com suavidade.

A Bruxa do Mar parecia serena, e Circe estava grata pelo fato de Babá ter reunido os restos de Úrsula a fim de poderem honrá-la. Era um tributo à altura da Rainha do Mar. Circe sabia que, se Tritão tivesse dado a Úrsula sua posição de direito ao seu lado no trono, ela ainda estaria viva. E era isso o que mais feria o coração de Circe.

Circe segurava a mão de Babá com força enquanto davam adeus. O coração de Circe estava apertado ao se despedir da amiga, mas estava grata por ter Babá, a Princesa Tulipa e o Príncipe Popinjay ao seu lado. Todos pareciam pensativos ao absorver a magnitude da grande perda. Pode ter passado despercebido a todos, mas Circe notou quando Popinjay tomou a pequenina mão de Tulipa na sua. Apertou-a com suavidade, como que para lembrá-la de que estaria ao lado dela caso ela necessitasse. Circe sorriu porque sabia que a bela princesa poderia enfrentar quaisquer desafios que surgissem em seu caminho sem a ajuda de Popinjay. No entanto, Circe estava contente por ele estar com Tulipa.

Tritão não compareceu à cerimônia. Fora avisado de que não seria bem recebido, então Circe se surpreendeu ao ver o povo das sereias habitantes do reino de Tritão vir para prestar homenagem. Teve que se perguntar se Tritão declarara sua conivência ao seu povo, e se seria esse o motivo de alguns deles parecerem lamentar de fato a morte de Úrsula. Será que alguns deles se apiedavam de Úrsula ou, pelo menos, entendiam os motivos dela após terem ouvido sua história? Talvez estivessem ali simplesmente para verem com os próprios olhos que a Bruxa do Mar já não era mais uma ameaça. Circe não tinha como saber.

Uma das sereias da Corte de Tritão nadou até Circe e Babá. Era bela e estava adornada com uma coroa de pontas feita de corais delicados. Sua voz tinha uma entonação suave que parecia familiar.

– Olá, meu nome é Attina – a jovem sereia anunciou. – Sou a filha mais velha de Tritão. Ele me enviou para garantir que a irmã dele recebesse um funeral adequado. – Olhou para as bruxas, que a encaravam sem qualquer expressão. Nervosa, ela continuou a falar. – Espero que não se importem por eu e minhas irmãs estarmos aqui.

A Babá fitou para o grupo de sereias. Todas olhavam na direção das criaturas, com expressões preocupadas.

– Se estão aqui para honrá-la, querida, então são mais do que bem-vindas.

Circe olhou para Attina com suspeita.

– Estou surpresa que estejam aqui depois de tudo o que Úrsula fez com sua irmã caçula.

Attina sorriu, mas seus olhos estavam tristes.

– E eu estou surpresa por você honrá-la com tanta graciosidade depois de Úrsula quase tê-la destruído.

Circe sentia que a jovem estava em conflito. Estava dividida entre a lealdade à irmãzinha Ariel e sua obrigação em relação a uma mulher que não soubera ser sua tia.

– Estou aqui por meu pai. E por Úrsula, pela mulher que ela poderia ter sido caso meu pai não tivesse arruinado todo o bem que havia dentro dela – Attina acrescentou.

Sua resposta bastou para Circe.

– Então, você é bem-vinda aqui, Attina. Diga a seu pai que demos um funeral à altura de uma rainha. É isso o que ela era e que sempre será: a Rainha do Mar.

A sereia voltou nadando para junto das irmãs. Na companhia umas das outras, observaram a procissão de embarcações acompanhando o belo barco de palha dourada de Úrsula se afastando mar adentro. Fogos de artifício foram lançados dos barcos, lançando luzes douradas bem alto no céu. Debaixo delas, o barco de Úrsula foi levado pela correnteza, a palha fina se dispersando e libertando os restos mortais no mar, onde a feiticeira jazeria para sempre em tranquilidade. Circe inspirou fundo e exalou lentamente. Sua velha amiga enfim estava em paz.

Por um instante, Circe se sentiu relaxada. Estava provando um daqueles momentos perfeitos quando tudo é belo, até mesmo a tristeza. E desejou poder viver naquele instante só mais um pouquinho. Mas o presente logo se transformou no passado quando ouviu Babá arquejar ao seu lado. Ao longe, as bruxas enxergaram um imenso vulto. Parecia uma floresta viva entremeada a vinhas espinhentas, subindo e se retorcendo em volta das colinas rochosas além do Castelo Morningstar. E com isso veio uma escuridão agourenta e terrível que abrigava algo sinistro. Flanando acima da escuridão, em meio às nuvens turbulentas partidas por raios de luz verde, estavam os corvos de Malévola – os verdadeiros augúrios do mal.

Circe conseguia sentir a energia alarmante da floresta com sua magia; sabia que a floresta não vinha destruí-las. Ela estava tentando proteger Morningstar da Fada das Trevas.

Capítulo IV

A Terra dos Sonhos

Na Terra dos Sonhos, tudo funcionava de modo diferente do que em praticamente qualquer outro lugar. Quase qualquer coisa era possível no cenário dos sonhos. A terra era imutável em um eterno crepúsculo. O sol, que nunca se punha, lançava um brilho etéreo e criava um tipo especial de magia conhecido por alguns como a hora dourada. Todos os habitantes da Terra dos Sonhos ocupavam um lugar próprio, como pequenos vilarejos em um reinado de tamanho incomensurável. Cada câmara era composta quase completamente de espelhos. E, se os sonhadores conseguissem compreender a magia dos espelhos, eles teriam um vislumbre do mundo exterior. No entanto, a magia do cenário onírico permanecia esquiva à maioria dos visitantes do reino e confundia alguns dos seus habitantes mais longevos, tornando-o um lugar extremamente solitário.

A magia não era algo desconhecido a Aurora. Ainda que suas cuidadoras tivessem escondido seus poderes nos últimos dezesseis anos, ela sempre sentira algo de mágico em relação a elas. Aurora jamais conversava sobre isso com suas tias fadas, mas sabia quando havia magia por perto. Não sabia por quê, mas isso nunca a assustara. Também conseguia sentir a magia se movendo nos outros reinos, mesmo naqueles distantes de si. Portanto, não lhe foi difícil desvendar como usar a magia na Terra dos Sonhos. Aurora concluiu que a magia que se podia controlar naquele mundo não era muito potente. Se fosse, ela teria encontrado um modo de despertar. Ao que tudo levava a crer, a magia de Malévola era forte demais para ser superada pela magia do cenário dos sonhos — além disso, a magia naquele lugar não era direta nem exatamente prática. Em vez disso, era um tanto básica e mundana, mas ao mesmo tempo imprevisível e caótica. No entanto, a princesa a canalizara para enxergar o mundo exterior.

    O canto de Aurora no cenário onírico era uma câmara octogonal construída por espelhos retangulares muito altos. Ela conseguia ver uma miríade de eventos do passado e do presente, oriundos de diversos reinos, refletida nos espelhos. No início, ela se perguntou se o espaço e as imagens não passavam de um sonho, mas depois concluiu que eram reais. Essa simples decisão lhe deu o poder de controlar as imagens que apareciam nas superfícies refletidas. Aurora logo percebeu que só o que precisava fazer era pensar em alguém que quisesse ver e a imagem dessa pessoa apareceria em um dos painéis espelhados. Conseguiria ver onde essas pessoas estavam e o que faziam, o que possibilitou que se sentisse menos solitária naquele reino estranho. Isso lhe trouxe conforto, mesmo que acompanhado da ideia de que talvez nunca mais andasse pelo mundo desperto novamente.

Era estranho receber tanto conhecimento de uma só vez e tão pouco controle para direcionar o próprio destino. Mas ela ouvia, observava e aprendia. Aurora descobriu que seu noivo era, na verdade, o jovem por quem se apaixonara na floresta. Descobriu que Malévola providenciara para mantê-lo aprisionado em seu calabouço. Tomou conhecimento de que suas tias fadas mudaram seu nome para Rosa para protegê-la e descobriu o motivo disso. Ela sabia de tudo. Até chegou a achar que sabia por que Malévola estava fazendo aquilo tudo, mas essa parte era assustadora demais para pensar a respeito. Portanto, concentrou-se em outras pessoas. Aurora procurava as tias fadas, que pareciam planejar uma visita a bruxas que Aurora não conhecia. Às vezes, ela visitava a mãe e o pai enquanto eles dormiam. Tentava identificar o que eles sonhavam, mas não conseguia. A princesa supôs que seus sonhos fossem particulares. Até tentou encontrá-los no mundo dos sonhos, mas parecia ser impossível trafegar entre as câmaras. Com isso, Aurora procurou se contentar em conhecer a própria história. Observava os acontecimentos passados nos muitos espelhos do seu cômodo. Porções de imagens cascateavam em seu campo de visão e ela se viu bebê, no dia do seu batizado. Ali, no cenário dos sonhos, Aurora viu Malévola, a impassível e imponente Fada das Trevas, pela primeira vez. Ela era muito provavelmente a criatura mais bela que Aurora já vira, altiva entre os convidados de seus pais. Aurora testemunhou como acabou presa naquele reino, aprisionada numa morte sonial. O motivo de ter passado tantos anos sob o cuidado das fadas, acreditando ser outra pessoa: uma menina chamada Rosa que jamais imaginou ser uma princesa. De fato, ela não sabia o que era pior: passar a vida no mundo dos sonhos ou viver em um mundo onde todos lhe mentiam.

Uma voz ecoou pela sua câmara:

— Ah, nós sabemos. Sabemos muito bem o que é pior.

Aurora rodopiou, perscrutando os espelhos. Não conseguia descobrir quem falava com ela.

— Aqui, princesa. Ou devemos chamá-la de *Rosa*?

Aurora girou de novo. Espiando pelo canto direito de um dos espelhos, encontrou uma mulher estranha. Ela usava um vestido vermelho-vivo bem ajustado à cintura. As botas de bico fino se sobressaíam por debaixo da saia. Aurora não entendia bem o porquê, mas havia algo de sinistro naquelas botas. Pareciam-se com criaturas furtivas deslizando para fora de uma cortina de sangue. Aurora lembrou-se de que aquele era o mundo dos sonhos e que não deveria deixar a imaginação correr à solta. Mas nada a respeito daquela mulher parecia certo. Suas feições eram desproporcionais: a pele mortalmente pálida, os olhos esbugalhados, cabelos negros como o piche e minúsculos lábios vermelhos. Nada parecia se encaixar. Nesse instante, duas outras mulheres exatamente como ela surgiram nos espelhos, ladeando o da primeira e formando um trio.

— Sim, somos três! — cantarolaram em uníssono.

— Isto só pode ser um sonho — Aurora disse consigo. — Essas mulheres não podem ser reais!

— Ah, mas nós somos reais, princesa — disse a primeira delas.

– Bem-vinda ao mundo dos sonhos, pequena – a segunda entoou.

– Sim, estivemos à sua procura – acrescentou a terceira.

– Malévola ficará satisfeita porque a encontramos – as três disseram juntas. Dito isso, as três irmãs começaram a gargalhar, e o riso delas suscitou calafrios, atravessando o coração de Aurora.

Capítulo V

Ela pertence aos corvos

Enquanto Babá e Circe observavam Malévola se aproximar do Reino Morningstar, os pensamentos de Babá se desviaram para lugares há tempos esquecidos – os lugares distantes que antes preferira manter trancados nos recessos da mente. Mas algo inexplicável estava acontecendo. Quanto mais a Fada das Trevas se aproximava do Castelo Morningstar, mais Babá se lembrava. Foi um processo doloroso, porque as lembranças não eram apenas suas; também pertenciam a Malévola. Nesse momento, Babá lamentou ter a habilidade de ler mentes e de sentir as emoções dos outros. Quase desejou voltar aos dias em que pensava ser apenas a babá de Tulipa, alheia aos seus poderes e ao seu passado, ou ao grande amor que sentira por Malévola. Mas, em vez de lutar contra as recordações, sucumbiu a elas. Deixou que a assolassem como uma torrente de sonhos lembrados pela metade. E abriu a mente para Circe, partilhando seus pensamentos.

Malévola nascera na Terra das Fadas, na concavidade de uma árvore repleta de corvos. Fora pequena e indefesa, e parecia formada inteiramente de ângulos afiados. Suas feições eram pontudas e a pele tinha uma palidez verde leitosa. Chifres nodosos horrendos começavam a emergir da cabecinha ossuda. Nada a seu respeito parecia normal. Nada mesmo.

Todas as fadas a temiam porque consideravam sua aparência perturbadora. Deixaram-na lá naquela árvore, sozinha, pois ninguém sabia quem a abandonara. Se os pais não a quiseram, por certo tampouco as fadas a quereriam. Até onde podiam saber, ela muito bem podia ser uma ogra. Ou algo vil demais até para os ogros. Além disso, ela não tinha nem asas nem feições agradáveis. E existia um aspecto distintamente maligno a respeito dela, portanto, estava claro que ela *não podia* ser uma fada. Não, ela definitivamente não era uma fada. Pelo menos era o que o Povo das Fadas dizia para se consolar quando ficava acordado até altas horas, perguntando-se se tinha feito a coisa certa ao deixar uma criaturinha indefesa no côncavo de uma velha árvore.

Quaisquer que fossem suas origens, ela pertencia aos corvos. *Os corvos cuidarão dela*, as fadas murmuravam entre si. *Ela deve ter nascido da magia deles.*

Afinal, todos sabiam que os corvos eram maus.

As fadas a chamaram de Malévola. Nomearam-na assim por causa de Saturno, devido à sua influência desfavorável, e por causa de Marte, um deus maligno conhecido por promover destruição e guerra. Afinal, era isso o que as fadas viam no futuro dela: maldade, devastação e conflito.

Assim, os corvos cuidaram dela. Levaram-lhe alimento tomado das mesas das outras fadas. Às vezes até roubavam roupas dos varais para que ela tivesse algo para vestir. As peças tinham cheiro de luz solar e de flores. Eram aquecidas pelo sol e suaves sobre seu corpo pequenino.

E foi assim até Babá, a Aquela das Lendas, voltar para casa, na Terra das Fadas. Voltara para assumir seu posto como diretora da Academia das Fadas uma vez mais.

O sol se punha quando Aquela das Lendas chegou à Terra das Fadas. Seus olhos azul-claros brilhavam e os cabelos prateados caíam pelos ombros em mechas soltas. O pôr do sol era de um roxo forte, com feixes resplandecentes de laranja e rosa atravessando o céu. As estrelas já estavam visíveis e pareciam brilhar ainda mais quando Aquela das Lendas se aproximou.

Ela sorriu, feliz por estar em casa de novo. Mas seu sorriso fraquejou quando avistou a jovem fada agachada no côncavo da árvore. Malévola tinha quatro anos na época e ainda era formada apenas de ângulos pontiagudos. Não se parecia em nada com as fadas roliças que adejavam toda a Terra das Fadas como abelhinhas fofinhas, polinizando as flores com sua magia brilhante. Ela era magra demais, verde demais e seu rosto era contraído demais. E seus chifres — aqueles chifres *horrendos* — faziam com que ela parecesse mais malvada do que qualquer outra coisa. Mas Aquela das Lendas viu algo que os outros não viam. Ela enxergou uma garotinha perdida precisando de amor.

— O que está fazendo nesta árvore, minha criança? Onde estão seus pais? — perguntou Aquela das Lendas.

A menininha não respondeu. Não estava acostumada a falar com ninguém além dos corvos. De fato, tinha quase certeza de que aquela era a primeira vez que alguém se dirigia a ela diretamente. Embora o rosto da mulher fosse gentil, Malévola não estava acostumada a manter contato visual com ninguém. Por certo não esperava vislumbrar uma expressão agradável quando alguém se voltava para ela. Via de regra, as fadas torciam seus narizes na sua direção – isso quando se davam ao trabalho de olhar para ela.

– Fale, criança! Quem é você? – Babá perguntou.

Malévola tentou falar, mas não conseguiu. O único som que saiu por entre seus lábios foi um guincho terrível que lembrou a Babá um canto rouco.

Minha nossa, esta pobrezinha nunca usou sua voz. Nem uma vez sequer. Nem para chorar. Esse entendimento partiu o coração de Babá.

Malévola sequer sabia se tinha uma voz. Seus corvos lhe falavam a seu modo, e entendiam-na sem que ela tivesse que falar.

Aquela das Lendas entendeu o problema. Com um giro da mão, deu à pequena fada verde a coragem de encontrar sua voz.

– Agora fale, querida – disse ela, encorajando-a.

– O... lá.

A voz de Malévola saiu como o coaxo de um sapo, arranhado e forçado. Mas ela falara pela primeira vez! Foi algo assustador e excitante ao mesmo tempo.

– Bem, isso é um começo, certo, minha querida? E qual é o seu nome?

— Eles... eles me chamam... de Malévola.

— Quem, minha querida, os corvos? Quem a chama de Malévola?

Malévola meneou a cabeça lentamente.

— As fadas.

— Chamam, é? — Babá sabia *exatamente* o motivo de sua irmã e das outras fadas chamarem a criança de Malévola. Isso lançou um jorro de fúria sobre seu corpo. Babá procurou não deixar isso transparecer em seu rosto ao sorrir para a garotinha.

— E por que, se é que posso perguntar, você está aqui sozinha? — Babá prosseguiu. — Onde estão os seus pais? Tenho uma ou duas coisinhas a lhes dizer por deixarem uma fadinha tão pequenina sozinha no frio sem ninguém mais além de corvos como companhia!

— É aqui que eu moro. Os corvos *são* os meus pais.

Quando Aquela das Lendas ergueu os olhos para os corvos, viu preocupação nos olhos deles e entendeu que a menina contava a verdade. *Como nas Terras das Fadas minha irmã permitiria que isso acontecesse sem interferir? Abandonar esta menina assim? Deixando-a aos cuidados de corvos? Isso é uma vergonha.*

— Permitirá que eu a leve para casa comigo, pequena? — Babá perguntou. — Posso cuidar de você.

Lentamente, Malévola meneou a cabeça.

— Não.

— Não? Por que não, se é que posso perguntar? — Babá procurou não rir. Malévola parecia tão séria e tão decidida, ainda mais para alguém tão jovem.

– Não quero abandonar meus corvos!
– Então os levaremos conosco! O que acha disso?
Observando seus corvos por um instante, Malévola assentiu devagar.

A vida de Malévola mudou completamente naquela noite. Babá pôde ver que ninguém a tratara de outro modo além de algo a ser temido. Ficou contente em ser capaz de dar a Malévola o amor que ela merecia. Malévola sentiu-se segura com ela e a chamou de Babá. E era isso que ela era – sua babá – ainda que Babá cuidasse de Malévola como se ela fosse sua filha. Juntas moravam em um lindo chalé ao estilo Tudor com adornos de bolo de gengibre e janelas amplas. Babá usou magia para replantar a árvore dos corvos de Malévola no jardim em frente à casa, e criou uma casa na árvore só para que Malévola visitasse seus corvos sempre que desejasse. Babá insistiu em manter uma janela aberta para os corvos poderem entrar no chalé à vontade. Eles entravam e saíam com frequência, checando sua pequena fadinha para se certificarem de que Babá a tratava bem, o que sempre se confirmava. Ela amava muito Malévola e ficava imensamente feliz em dar um lar e uma família para a menina especial.

Capítulo VI

A filha da bruxa

A Rainha Branca de Neve acordou aterrorizada. Foi o pesadelo de sempre: ela corria em meio a uma floresta densa com árvores que se esticavam para arranhá-la enquanto ela lutava para escapar de suas garras. Ela quase esperava estar coberta de arranhões, mas descobriu-se ilesa.

– Mamãe? – Branca procurou pelo reflexo da mãe no espelho ao lado da cama. – Você está aí?

Mas a velha rainha não respondeu.

Branca olhou ao redor do quarto, procurando as demais superfícies espelhadas. Não encontrou nada além do próprio rosto pálido. Foi estranho despertar sem a mãe lhe sorrindo de dentro de um dos espelhos. Branca passou os olhos pelo quarto, notando seus objetos e tentando se livrar da sensação horrível provocada pelo sonho. Tudo estava onde devia estar. Não havia nada estranho ou faltando, como ocorreria se acreditasse que tivesse despertado, mas na verdade ainda estivesse sonhando. Aquele era seu quarto, com as tapeçarias em vermelho-vivo adornadas por árvores douradas e pequeninos pássaros negros, penduradas na parede. Aquela era a sua cama, com as cortinas de pétalas de rosa claras recobrindo os quatro postes de cerejeira do dossel. Investigou pelo quarto de novo, ao longo dos muitos espelhos em suas molduras de ouro antigo em diversos tamanhos. Sim, tudo estava como deveria. Estava segura. Era isso o que sua mãe sempre lhe dizia quando ela despertava assustada, não era? *Veja! Você está no seu quarto. Está segura, minha passarinha.* Mas as sombras do pesadelo permaneciam. Ainda sentia o perigo de algo que a perseguia pairando enquanto ela perscrutava os cantos escuros do quarto, desejando não estar mais sonhando.

Preciso falar com minha mãe.

Branca tinha de lhe contar sobre a outra parte do seu sonho. Era um pesadelo novo – um que a lembrava de uma história contada pela mãe quando ela era ainda bem pequena.

A história da Bruxa Dragão que punha uma jovem para dormir.

Por que as bruxas sempre fazem as meninas dormirem nessas histórias?

A história de Branca de Neve também era bem parecida com isso. Sua mãe a induzira a dormir. Mas isso fora há muitos anos, tantos que Branca quase nunca pensava no assunto. A Bruxa Dragão vinha atormentando os sonhos de Branca há muitas noites. Disso ela sabia. Mas o que de fato acontecia no sonho ruim sempre lhe fugia quando ela despertava. Ela só se lembrava da floresta de sua infância. Vinha tentando se lembrar do sonho com a Bruxa Dragão a fim de partilhá-lo com a mãe, mas era como se tentasse se lembrar de um nome ou de uma palavra que lhe fugia à memória. Branca sabia que esse sonho era importante. Sabia que o pesadelo tinha um significado. E agora que por fim se lembrava dele, sua mãe não estava ali.

Onde ela está?

Branca de Neve se vestiu rapidamente, colocando um de seus vestidos prediletos. Era de veludo vermelho, bordado com pássaros prateados e exibia contas pretas brilhantes que cintilavam à luz. Sentou-se à penteadeira, mirando-se no espelho enquanto escovava os espessos cabelos negros, agora entremeados a mechas prateadas às têmporas. Observou os cachos se acomodarem a cada escovada antes de prender uma fita vermelha para impedir que eles caíssem sobre o rosto branco e arredondado e sobre os olhos largos. Branca nunca pensou muito a respeito da própria aparência – e nesse dia não foi muito diferente –, mas refletiu que era deveras enternecedor o fato de o rei sempre lhe dizer que ela não mudara no decorrer dos anos. Embora tivesse de admitir o aparecimento de algumas linhas de expressão ao redor dos olhos e da boca quando sorria – o que era frequente. Branca estava tão habituada a ver o rosto da mãe em seu espelho que estranhou ver o próprio. Não percebera o quanto considerava a companhia da mãe como algo certo. O quanto se sentiria solitária sem ela. Ainda mais agora que seus filhos estavam crescidos e viviam em seus reinos próprios e seu amado estava ausente em uma missão diplomática.

Você está linda, minha passarinha. Como sempre.

Branca de Neve ergueu o olhar para o sorriso amplo do reflexo da mãe no espelho.

— Mamãe! Onde esteve? Tenho de lhe contar a respeito do meu sonho!

— Conheço seus sonhos, minha querida. Venho tentando encontrar a Fada das Trevas. Tenho de alertá-la — a velha Rainha Grimhilde respondeu.

— Ela é a Bruxa Dragão? — Branca de Neve perguntou.

Grimhilde riu.

— Sim, minha passarinha é ela mesma.

— Isso quer dizer que a sua história está se concretizando? — Branca de Neve, confusa, perguntou. — Não entendo!

— Tampouco eu, minha querida. A história que lhe contei há tantos anos estava em um livro que suas primas me deram. Creio que elas possam tê-lo escrito. E eu gostaria muito de vê-lo agora. Por acaso o tem em meio aos seus pertences?

Branca de Neve sabia exatamente onde ele estava. Em um lugar aonde não gostava de ir.

— Não está aqui no meu quarto. Está num dos baús do sótão, guardado com o restante dos seus objetos.

— Você é corajosa o bastante para subir até lá sozinha, minha passarinha? É muito importante que você o faça.

Capítulo VII

A Academia das Fadas

Certa manhã, Malévola comia um bolo de mirtilos desajeitadamente enquanto lançava migalhas ao seu corvo predileto, Opala. Fazia mais de um ano desde que Babá encontrara a pequena Malévola e a levara para casa. Dera um tempo para que a menina ficasse à vontade com seu novo ambiente antes de levá-la à escola, e agora Babá resolveu que era hora de tocar no assunto.

– Chegou a hora de pensarmos na sua educação, minha querida. Você precisa aprender a magia das fadas.

– Mas eu não sou uma fada! – Malévola protestou.

– Claro que é, meu amor. Mas o que, em nome da Terra das Fadas, deu-lhe essa ideia de que você não é? – Babá perguntou.

– Não sei.

– Exato! Você não sabe! E é disso mesmo que estou falando. Existem muitas coisas sobre as quais você nada sabe, e o único modo de aprendê-las é indo à escola!

— Mas...

— Nada de "mas" — Babá repreendeu com firmeza. — Não se preocupe com aquelas fadas cabeça de vento. Se elas disserem ou fizerem algo que a entristeça, você irá me contar. E isso vale para os instrutores também. E eu estarei lá, minha querida. Todas as horas de todos os dias, estarei a seu dispor, sem falta.

— Estará? — Malévola perguntou.

— Sim, meu amor. Afinal, sou a diretora.

E assim iniciou-se a educação de Malévola. Começou devagar e não foi bem como a pequena pensou que seria. Ela aprendeu as propriedades das plantas mágicas e como preparar poções, e dominou com facilidade a arte de encantar objetos inanimados para que eles desempenhassem sozinhos as tarefas do dia a dia. Mas Malévola sabia que os professores não gostavam dela, mesmo sendo mais inteligente e mais avançada do que qualquer outra aluna. Eles não lhe demonstravam o afeto nem os cuidados com que tratavam as demais alunas. Isso não a incomodava, a não ser pelo fato de que muitas vezes ficava ociosa.

Durante as lições de voo, enquanto as outras fadas aprendiam a usar suas asas da maneira adequada, ela ficava sentada sozinha lendo livros que descobria nas estantes de Babá, que acreditava escondê-los para que Malévola não os encontrasse. Tais obras continham todo tipo de magia que Malévola esperara aprender nas aulas para fadas. Portanto, guiada pelos livros, ela começou a praticar sua própria magia.

Malévola logo percebeu que conseguiria ser autodidata em quase tudo o que quisesse lendo os livros. Não existia um único assunto que não a fascinasse. Ela ansiava por seus momentos solitários pós-escola em sua casa na árvore, onde podia ler, e frequentemente partilhava seus achados com os corvos. Malévola decorara a casa da árvore com as diversas coisas que seus corvos e suas gralhas lhe traziam. Achou muito interessante que alguns corvos se sentissem particularmente atraídos por determinados itens. Opala tinha interesse especial em pedaços coloridos de vidro, botões brilhantes e lindas contas como aquelas que se veem nos elegantes vestidos de gala. Enquanto alguns dos pássaros de Malévola lhe traziam ervas para suas poções, outros lhe traziam penas coloridas e reluzentes, xícaras desparelhadas, sinos de latão e qualquer outra coisa que lhes atraísse. Ela amava passar tempo com seus corvos e lhes ensinava tudo o que aprendia sobre pássaros e sobre magia. Começou a lhes ensinar a abrirem suas mentes a fim de poder enxergar através dos olhos deles enquanto eles voavam, e como se comunicar com outras criaturas para descobrir coisas a respeito das suas terras. Malévola desconhecera a existência de outras terras até seus corvos lhe contarem histórias dos diferentes reinos que se estendiam em todas as direções no que parecia ser uma eternidade infinita. Sentia-se afortunada por ter seus animaizinhos, ainda mais se considerasse o pouco que tinha em comum com suas colegas de sala. As outras fadas estavam sempre rodeando umas às outras, elogiando-se pelos mais tolos motivos.

– Primavera, suas asas estão lindas hoje! – Era algo que Malévola ouvia com frequência demais na sala de aula enquanto tentava ferver beladona em seu caldeirão. As outras fadas da sala de Malévola pareciam se submeter a Primavera.

Em sua opinião, Primavera era uma fada muito sem graça e mandona demais. Mesmo assim, ela parecia ser a favorita de todos os instrutores, o que fazia ser ainda mais impossível lidar com ela. Apesar de sua propensão à intimidação e seu ego inflado, Primavera era boa aluna. Passava os intervalos no pátio estudando e auxiliando as outras alunas. Malévola acreditava que ela e a fada poderiam ser amigas – se Primavera não a odiasse tanto. Não se passava um dia sem que Malévola fosse caçoada ou menosprezada pelas suas colegas. Se estivesse tentando estudar ou aprimorar um feitiço, suas colegas zombavam dela por ter de caminhar do caldeirão até a despensa em vez de ir voando. Sussurravam coisas odiosas enquanto flanavam, como: "Aberração sem asas!", ou "Chifres de ogro!".

Uma tarde, na sala de aula, Fauna, uma das melhores amigas de Primavera, ergueu a mão para fazer uma pergunta. Fauna era uma fada de rosto adorável que vestia verde. Parecia nervosa demais para fazer a pergunta à senhorita Pétala quando ela a chamou, mas Primavera a incentivou com o cotovelo para que seguisse em frente.

– Senhorita Pétala, não seria mais… hum, *agradável* se Malévola usasse algo para cobrir seus horrorosos chifres de ogro na sala de aula? – Fauna perguntou num fio de voz.

Malévola ergueu o olhar de seu caldeirão borbulhante para observar a resposta da professora. A professora ficou roxa sob o olhar firme de Malévola.

– Ouso dizer que seria mais agradável, e… hum… causaria menos… distração. Talvez eu mencione algo à guardiã dela.

Todas as alunas deram risadinhas ante a resposta da senhorita Pétala quando a aula foi interrompida pela chegada inesperada da diretora, que lançou um olhar severo para a professora e para as alunas.

— Ouso dizer que Malévola acharia mais agradável se todas vocês tivessem suas asas cortadas! Assim ela não teria de ficar ouvindo vocês zunindo ao redor da cabeça dela enquanto tenta trabalhar em seus feitiços, isso é certo! Mas vocês *não* a veem dando voz ao maior sonho dela, veem?

Malévola empalideceu de vergonha, ficando muito diferente de suas feições normalmente esverdeadas.

— Eu nunca... Eu não... — gaguejou.

— E quem poderia culpá-la se o fizesse? — Babá voltou-se para as alunas ao prosseguir. — Vocês são um bando vergonhoso, todas vocês. Chifres horrorosos, ora essa! Já pararam para pensar que existem criaturas neste mundo que podem considerar *asas* uma característica desagradável? Ainda não perceberam que o sol não se levanta e se põe segundo a vontade das fadas? Existem outras criaturas no mundo, minhas caras! Criaturas lindas, adoráveis e poderosas que não se parecem nem comigo nem com vocês! Seria melhor se lembrar disso, Fauna! Todas vocês deveriam!

As fadas não prestaram muita atenção a Aquela das Lendas enquanto a diretora falava esse tipo de coisa. A argumentação não fazia muito sentido. *Todos* sabiam que asas de fadas eram lindas! Como alguém de qualquer uma das terras poderia pensar o contrário? Aquela das Lendas era séria demais. Não se parecia em nada com a irmã. A Fada Madrinha tinha orgulho de suas asas, cantava belas canções e ensinava a melhor de todas as matérias: Concessão de Desejos! Nenhuma das fadas conseguia controlar a ansiedade até ter idade suficiente para as aulas de Concessão de Desejos.

Segundo Primavera, essa era a maior honra para uma aluna fada. As alunas sabiam, bem no íntimo, que Malévola não chegaria tão longe. Não que tivesse muitas chances uma vez que estava no mesmo ano letivo de Primavera, Fauna e Flora. A própria Fada Madrinha chegara a dizer: "Sinto serem grandes as chances de Flora, Fauna e Primavera receberem essa honraria." E uma vez que as aulas de Concessão de Desejos eram dadas apenas às três melhores alunas em cada classe de formandas, parecia tolice a Malévola – ou melhor, a qualquer das outras alunas – pensar nisso como vocação. Além do mais, havia muitas outras coisas importantes que uma fada poderia fazer após a formatura da Academia.

Lançando um olhar reprovador à Primavera e às suas amigas, Babá saiu pela porta. Assim que ela se foi, a sala irrompeu em um coro de protestos.

– O que ela vê em Malévola? – Primavera exclamou.

– Ela nem consegue voar! – outra fada guinchou.

– Você nem é uma fada. Não pertence a este lugar. Volte para Hades! – disse outra.

Malévola sentou-se rígida e temerosa. Não compreendia por que todas as fadas a odiavam tanto. Seria mesmo por causa dos chifres? Ou havia algo de terrivelmente errado com ela? Será que ela era má?

Ela não se *sentia* má.

Ela se sentia como qualquer outro ser. Pelo menos achava que sim. Pensando melhor, ela não sabia como todos os outros se sentiam. Talvez ela *fosse* má.

Meus pais devem ter sabido que eu era má. Por isso me abandonaram na árvore dos corvos. Queriam que eu morresse.

À medida que os insultos continuavam, Malévola se tornou ciente de que algo se avolumava dentro dela, uma queimação horrível da qual não gostava. Era como se estivesse lentamente se incendiando em seu interior, como se uma chama se debatesse para sair de dentro dela. Antes mesmo de perceber, seu corpo inteiro foi envolvido por uma sufocante labareda verde.

Malévola ouviu as outras alunas aos gritos. Mas antes de compreender o que estava acontecendo, descobriu-se na casa da árvore, sem saber como chegara lá. Tremia sem controle e envolta em ódio e em medo, chorando copiosamente, mais do que nunca. Os gritos das outras fadas ainda ecoavam em seus ouvidos quando Babá apareceu com uma expressão preocupada.

— Eu não... não tive a intenção! — Malévola gaguejou.

— Não teve a intenção de quê, minha querida? — Babá perguntou.

— De machucá-las... — Malévola choramingou.

— Você não as machucou... — Babá disse, confortando-a. — Você executou um magnífico feitiço de transporte. Esse é um feitiço muito complexo e muito além do esperado para o seu ano. Estou muito impressionada!

— Mas elas estavam gritando!

— Ah, sim, bem, fadas jovens fazem isso. São dramáticas e muito agudas! Você é uma menina inteligente, Malévola. Estou certa de que já sabe disso. – Babá fez uma pausa por um instante e depois prosseguiu. – Eu não poderia estar mais contente por você ser tão destacada daquelas tolas, Malévola. Não mesmo. Se você fosse uma fada comum morando no côncavo daquela árvore, creio que teria passado sem notá-la!

— Se eu fosse uma fada comum, eu não teria sido deixada na árvore.

Babá assentiu com vigor.

— Verdade! Esse é um dos motivos pelos quais não ligo muito para a minha própria espécie. E porque não mostro minhas asas. Fadas sabem ser um bando muito odioso.

Malévola sorriu, as lágrimas começando a diminuir enquanto ouvia Babá. Quis abraçá-la. Quis lhe exprimir que a amava por tudo o que ela dizia, mas não quis interrompê-la.

— Ah, elas não percebem o quanto são abomináveis. Creem estar repletas de magia, luz e de todas as coisas boas! Como se açúcar e mel saíssem de seus... Bem, você entende o que quero dizer.

Malévola gargalhou.

— Ora, ora, mas que rara visão! Nos anos em que estamos juntas, acho que nunca a vi gargalhar. – Babá fez uma pausa momentânea, perdida em pensamentos. – Hum, agora tudo faz sentido.

— O quê? O que faz sentido? – Malévola perguntou.

— Você está com sete anos. Sete!

— O que há de tão especial em se ter sete anos?

— Sete é uma idade muito especial para as fadas. Em especial para as fadas que se destacam. Fadas como você e eu, que são mais bruxas do que fadas. Fadas que não se contentam com a magia das fadas e com a vida das fadas e que entendem a existência de outras formas maravilhosas de magia presentes neste mundo. Sete é apenas o começo da sua aventura. E creio que precisamos comemorar! Agora, conte-me tudo a respeito desse feitiço de transporte. Quero saber como você o aprendeu. Você me fascina, Malévola. Está mais avançada na sua educação do que qualquer outra em sua turma. E se aquela pilha de livros meus que você escondeu servir de indício quanto ao estilo de magia que planeja empregar, temos muito trabalho pela frente. Acredito que você esteja à altura do desafio. De verdade! Sabe de uma coisa? Creio que esteja na hora de tirá-la da escola. Não posso permitir que seu espírito e seu potencial sejam esmagados por aquelas tolas. Deixe que se ocupem com suas magias bobas de fada. Deixe que passem seus dias elogiando umas as asas das outras. Você tem magia de verdade a aprender. Magia importante.

Magia importante. Essas palavras ecoaram nos ouvidos de Malévola e a encheram de confiança.

Sempre era assim com Babá. Uma torrente de palavras encorajadoras e de amor lançada sobre Malévola, advinda de todas as direções. Babá nunca perdia uma oportunidade de cobrir a menina de amor. E, se às vezes Malévola se sentia dominada pela magnitude do afeto de Babá, ou até se enrijecia com o toque dela, não era por desgostar da atenção.

Malévola amava Babá, mais profundamente do que esperava poder.

Ela só não estava acostumada a *ser* amada.

— Bem, vou assar para você um bolo divino para a sobremesa — Babá anunciou, batendo as mãos de excitação. — Quero ouvir tudo a respeito desse feitiço de transporte e como você conseguiu executá-lo. Estou muito impressionada!

Malévola sabia que Babá estava sendo sincera. Ela jamais dizia algo que não sentia, como as outras fadas. Era difícil dizer que Babá era uma fada. Malévola se perguntou se Babá também teve dificuldade para crescer na Terra das Fadas, sendo tão diferente e tendo uma irmã famosa como a Fada Madrinha.

— Não, meu bem, essa parte não foi nada difícil! — Babá disse, lendo seus pensamentos. — Não me chamam Aquela das Lendas à toa.

Aquela foi uma das melhores noites da infância de Malévola — comendo bolo com Babá e contando-lhe a respeito do feitiço de transporte. Descrevera a sensação quente e vira a admiração refletida no olhar de Babá enquanto ela explicava tudo em detalhes, bem como Babá quisera.

— Você fez a coisa certa, minha querida! Se alguém a tratar mal ou se você sentir que está se enfurecendo e começar a nutrir essa sensação de calor, use esse feitiço. Vá direto para a sua casa da árvore, direto até mim ou aos seus corvos. Apenas pense em nós, e descobrirá que estará conosco antes mesmo de se dar conta. Prometa-me, querida, que agirá conforme Babá lhe ensina.

— Claro, Babá. — Malévola desejou ter o poder de Babá de ler mentes. Muitas vezes se perguntava o que Babá estaria pensando. Seria preocupação no olhar dela? Algo na sua história a perturbara?

– Não, minha querida. O que você vê é orgulho! Eu não poderia estar mais orgulhosa de você! Você me deixou muito feliz hoje, meu bem. Muito feliz mesmo.

Capítulo VIII

O pássaro no sótão

Branca de Neve estava sozinha no sótão, sentada entre os pertences de sua mãe, rememorando como tinham sido as coisas no passado, na época em que sua madrasta morrera e se tornara a mãe que Branca sempre quisera que ela fosse. Branca entendia o motivo de sua mãe não querer subir até ali. Aqueles objetos lembrariam a velha rainha de um período em que havia se isolado anos atrás – a época em que enlouquecera por conta da dor do luto e planejara matar a própria enteada. Branca procurava compartimentalizar a mãe em três mulheres diferentes: a mulher que era hoje, a mãe que amara quando ela era muito pequena, e a mãe que tentara matá-la. Branca sabia que não era culpa da mãe. A rainha fora atormentada pelo próprio pai, estivera de coração partido em vista da perda do marido, e enfeitiçada pelo trio de bruxas. Branca transformara as várias versões da mãe ao longo dos anos em bonecas imaginárias – bonecas que mantinha trancadas num baú neste cômodo. Bonecas com que não queria brincar, tampouco ver.

Bonecas imbuídas de dor e cobertas por poeira.

Branca gostava da mãe que tinha agora. Não tinha motivos para revisitar as outras. Mesmo as lembranças de sua doce mãe do início de sua infância partiam o coração de Branca, porque ela sabia que aqueles dias terríveis após a morte do pai as seguiriam como uma avalanche, lembrando-a de como o luto destruíra aquela rainha.

Sim, ela gostava de se concentrar na mulher a quem amava profundamente e da qual dependia hoje em dia. Mas não conseguia olhar para os pertences da mãe sem levar à luz aquelas bonecas, pegando-as nas mãos e limpando-lhes a poeira enquanto repassava uma linha do tempo de sua vida. Aquelas bonecas, aquelas mães marcadas pela passagem de bons tempos, ainda que aterrorizantes.

Com passos leves e hesitantes, Branca se aproximou de um dos baús de madeira que continham os artefatos da sua infância torturante. Ele rangeu dolorosamente quando ela o abriu, como num aviso. O Livro dos Contos de Fadas, pelo qual procurava, estava debaixo de uma caixinha de madeira com um entalhe de um coração trespassado por uma adaga. Algo naquela caixa fez seu coração estremecer em calafrios. Não queria saber o que havia dentro dele. Não desejava ver o sofrimento no rosto da mãe se ela lhe perguntasse da caixa, portanto, isso teria de permanecer um mistério. Já bastava o fato de estar ali em cima sozinha, sabendo que a mãe a aguardava. Sabendo que cada momento passado ali era uma dor imbuída ao coração da mãe.

Branca subitamente reviveu como se sentia quando era muito pequena. No velho castelo onde crescera, existia um corredor que sempre a assustara. Não havia um motivo específico para justificar seu medo, a não ser o fato de que o corredor estava sempre escuro. A imaginação de Branca criara toda espécie de pesadelos habitando o breu. Mas ela costumava ter que passar por aquele corredor todos os dias para chegar à sala de aula em que se encontrava com sua tutora. Em alguns dias, sentia tanto medo que saía em disparada, mesmo sabendo que sua governanta, Verona, a admoestaria por seu comportamento tão pouco distinto. Branca não se importava. Sentia-se compelida a correr em busca da segurança mesmo nas horas claras do dia. Branca de Neve se sentia assim hoje. Tentou não ver o que mais havia no baú. Tentou subjugar o sofrimento que emergia em seu coração. Apanhou o livro o mais rápido que pôde, tentando não tocar nos demais objetos. Em seguida, fechou a tampa com força, agitando uma cascata de poeira no ar, onde as partículas brilharam na luz que passava pela pequenina janela do sótão. Olhou para aquilo por um instante, maravilhada com o fulgor de algo aparentemente tão mundano. Branca refletiu como algo normalmente feio poderia se tornar algo igualmente belo. E lembrou-se da mãe. Da transformação da mãe. Da beleza da mãe.

E, de pronto, não sentiu mais medo.

Capítulo IX

Sua importante magia

Conforme os anos se passavam, Babá compreendia que a gelidez interior de Malévola estava derretendo. A menina não sabia se por conta do amor de Babá ou pela coisa que vinha crescendo dentro dela já há algum tempo – a queimação terrível que às vezes sentia quando brava ou triste. Tentou bani-la de sua mente e se concentrar na magia. Sua importante magia, que estudava a cada oportunidade. Na estante de Babá, ela encontrara diversos tomos escritos pelas irmãs esquisitas, três bruxas chamadas Lucinda, Ruby e Martha. Suas páginas estavam repletas de toda espécie de bruxaria que intrigava Malévola.

Um dos feitiços, em especial, a interessou. Requeria um conhecimento superficial de ervas junto a cabelo de bruxa e instruções escritas a tinta num minúsculo pedaço de pergaminho. Esses ingredientes teriam que ser ingeridos por uma rã bem grande, a quem a bruxa ordenaria que encontrasse sua vítima. A rã então deslizaria pela boca aberta da pessoa adormecida e viveria em sua garganta, à espera de ordens vindas da bruxa por intermédio de telepatia. Malévola teve que procurar o significado de *telepatia*. Quando o encontrou, por fim teve uma palavra para algo que observara em Babá: a habilidade de ler mentes e de se comunicar sem falar. Pelo que Malévola lera no livro, concluiu que esse feitiço repulsivo devia ser aterrorizante para a vítima. A bruxa poderia comandar a pessoa a fazer quaisquer coisas que desejasse. A rã só sairia à noite, enquanto o hospedeiro dormisse, a fim de relatar suas descobertas à bruxa, para depois se apertar de volta pela boca aberta da vítima antes da alva matinal. A vítima tinha ciência de que existia algo morando em sua garganta, mas era incapaz de dizer qualquer coisa a esse respeito.

O livro também tinha uma variante do feitiço, no qual a bruxa tomaria algo pessoal da vítima que desejava comandar, em vez de usar uma rã. Poderia ser qualquer coisa: uma xícara de chá, uma escova de cabelo ou um anel. E parecia que algumas bruxas colecionavam tais itens para o caso de um dia necessitarem deles. Malévola não queria executar esse tipo de bruxaria. Esses feitiços, na verdade, pareciam-lhe assustadores e repulsivos. Ela apenas gostava de ler e de aprender a respeito deles. Malévola também amava ler as anotações líricas e, com frequência, hilárias nos livros das irmãs. Elas logo se tornaram suas feiticeiras prediletas e suas bruxas favoritas.

Malévola gostava de saber das coisas. Isso lhe dava poder. Dava-lhe confiança. Quanto mais lia e aprendia, menos ela temia as outras fadas. Sentia muito orgulho de, enquanto as outras fadas aprendiam a enfeitiçar vassouras, estar aprendendo feitiços e encantamentos valiosos que poderia usar quando por fim se aventurasse fora da Terra das Fadas. Malévola estava aprendendo magia de verdade.

Isso era o mais excitante de tudo.

Capítulo X

O livro das três irmãs esquisitas

Branca de Neve estava sentada em uma linda cadeira de veludo vermelho que levara para bem perto de um espelho de moldura ornamental dourada. Ela segurava Livro dos Contos de Fadas que um dia a mãe lera para a filha no colo, virando as páginas para que a mãe conseguisse enxergar.

– Todas as nossas histórias estão aqui! – Grimhilde disse.

Branca virou a última página da história da Bruxa Dragão, olhando horrorizada para ela através do espelho.

– Isto acontecerá com a sua amiga Malévola?

– Não sei, minha querida, mas preciso alertá-la. – O reflexo de Grimhilde tremulou como acontecia às vezes quando estava preocupada. – Não consegui contatá-la em nenhum dos seus espelhos. Você precisa mandar um recado ao Castelo Morningstar. Creio que ela chegará lá em pouco tempo.

– Não entendo como pode ser amiga dela depois do que ela fez com Aurora – Branca de Neve comentou, meneando a cabeça.

— Ela tem seus motivos, meu bem — Grimhilde respondeu. — Motivos que não são meus para partilhar nem com você nem com ninguém mais. Sou amiga e confidente dela há muitos anos, Branca. Não posso lhe dar as costas agora só porque não concordamos com as escolhas dela. Talvez eu a convença a não machucar a garota, poupando-a de partilhar o meu destino.

Branca ponderou as palavras de Grimhilde por um instante.

— Mas eu não entendo. Este livro foi escrito muito antes de Malévola sequer considerar adormecer a princesa. Como é que tudo o que foi escrito acabou acontecendo? — Branca virou outra página. — Olhe só! Aqui está um capítulo sobre nós duas. Ele detalha tudo, até mesmo o fato de você entrar no espelho e se tornar a minha protetora. Como isso é possível?

Grimhilde pareceu preocupada.

— Não sei. A nossa história não estava aí da última vez em que li este livro para você. O livro pode estar se autoescrevendo como uma história ou talvez as irmãs foram capazes de enxergar o futuro e escreveram suas profecias.

— E se for um feitiço? E se o livro estiver encantado e qualquer coisa que for escrita em suas páginas se realizar? — Branca perguntou.

— Enfeitiçado! — A velha rainha arquejou. Tal pensamento provocou calafrios em Branca. — Se isso for verdade, então ninguém será capaz de proteger aquelas irmãs da minha vingança! Há tempos aceitei que escolhi meu caminho na estrada do arrependimento. Mas se isso tudo foi tramado por aquelas irmãs, se foi escrito por elas e eu não passei de um fantoche, então elas pagarão por isso!

— Mãe, não! — Branca implorou. — Escreverei para Morningstar para avisá-los a respeito do livro. Mas, por favor, prometa que não ferirá mais ninguém.

— Não posso fazer isso, minha querida. Lamento. Se elas são a razão de eu ter tentado matá-la, então nenhum poder será grande o bastante para poupar aquelas irmãs esquisitas da minha ira!

Capítulo XI

O dom da Fada das Trevas

Muitos anos se passaram desde que Babá tirara a jovem Malévola da escola a fim de incitá-la a se concentrar no seu tipo próprio de magia, dando-lhe espaço para que explorasse e experimentasse o mundo da mágica além das tradições das fadas.

Malévola mudara consideravelmente da criaturinha que fora quando Babá a encontrara no côncavo da árvore dos corvos. Embora nenhuma das outras fadas o admitisse, Malévola era extremamente linda, como Babá sempre soubera. Mas a beleza não era importante para Malévola. Seus interesses eram outros.

Em uma manhã ensolarada, ela e Babá estavam sentadas à mesa da cozinha. Bebericavam seus chás em xícaras prateadas e pretas, e se deliciavam com bolinhos de amora que Babá assara mais cedo. Babá percebia que Malévola tinha algo a anunciar. Malévola estava sempre fazendo declarações de alguma espécie, a respeito de algum encantamento que acabara aperfeiçoando ou sobre algum assunto que desejava aprender. Mas este anúncio em particular surpreendeu Babá.

— Babá, acho que quero ser submetida aos exames de fada — Malévola declarou, por fim.

Babá lançou um olhar receoso para a filha.

— Por quê? A sua magia supera a magia das fadas, então por que se dar a esse trabalho?

— Porque quero dominar todos os tipos de magia! E não quero dar àquelas fadinhas frívolas uma razão para caçoarem de mim. Além disso, aperfeiçoei-me no teletransporte. A verdade é que não existe um motivo pelo qual eu não possa me tornar uma fada concessora de desejos, caso queira ser uma — Malévola argumentou.

— Você quer ser isso, meu bem? — Babá perguntou. — Nunca imaginei que estivesse inclinada a fazer tais coisas.

— E por que não? Sou uma fada, afinal, e eu não deveria me abster de nenhuma escola de magia simplesmente porque minhas colegas de classe foram maldosas — Malévola ponderou. — Além disso, tenho praticado, e acredito estar pronta para os exames. Se bem me lembro, estarei apta a fazer o exame amanhã.

— Você está certa quanto a isso, minha querida, como sempre — Babá disse com um suspiro. — E não duvido que esteja preparada para o exame. Você poderia tê-lo feito aos dez anos. Ainda que, agora que está completando dezesseis, este seja o tempo correto de fazê-lo. — Babá pareceu perdida em pensamentos por um instante. — Se desejar, poderá fazer o exame. Longe de mim impedi-la de avançar na sua educação. Uma vez que grande parte da sua instrução foi autodidata ou ensinada por mim, ela não é oficial. Você fará bem em ter um certificado para provar que completou a sua educação de fada. Apesar de eu ter pensado que passaríamos o seu décimo sexto aniversário de outro modo.

Malévola sorriu.

— Você ouviu isso, Diaval? Vou fazer os exames de fada!

Diaval entrou voando no cômodo, gralhando em comemoração, com as asas estendidas.

Babá amava ver Malévola feliz. E o relacionamento dela com Diaval, uma nova inclusão no aviário, fez Babá sorrir. Embora Malévola ainda tivesse um afeto especial pelos seus corvos, ela amava aquela sua gralha, que nunca parecia abandoná-la por muito tempo.

— Venha, Diaval! Vamos praticar concessão de desejos no jardim! Preciso estar perfeita para o exame amanhã!

Babá riu sozinha quando os dois dispararam para o jardim. Fora uma piada para as duas quando Malévola decidira chamar a gralha de Diaval. Era o modo delas de provocar as fadas por terem dado a Malévola um nome tão ameaçador.

Babá acabara de se levantar para pôr outra chaleira no fogo quando ouviu uma batida à porta.

— Entre! — exclamou num tom jovial. Era sua irmã, a Fada Madrinha. — Ah, entre, irmã. Acabei de colocar água para o chá. Gostaria de se juntar a mim para uma xícara?

— Sim, por favor — a Fada Madrinha respondeu quando entrou no chalé.

Babá pegou uma xícara da prateleira, a qual sabia que a irmã apreciaria – uma bela xícara opalina que refletia cores suaves dependendo da luz incidente. Ajeitou a xícara e a chaleira sobre a mesa, fingindo não saber o motivo por trás da visita da irmã. A verdade era que a Fada Madrinha nunca a visitava. Não eram do tipo de irmãs que se encontravam para o chá, mas Babá fingiu que eram. Secretamente, desejou que fossem esse tipo de irmãs.

A Fada Madrinha pigarreou.

– Estou aqui porque estava passando e notei Malévola praticando concessão de desejos no jardim.

– Está praticando, sim – Babá concordou ao servir o chá e oferecer os cubos de açúcar para a irmã. O rosto normalmente aprazível da Fada Madrinha estava contraído numa carranca.

– O que a incomoda, irmã? – Babá perguntou, fingindo que não sabia.

– Malévola está completando dezesseis anos amanhã? – a Fada Madrinha perguntou.

Babá estreitou os olhos diante da pergunta da irmã.

– Sim, está, irmã.

A Fada Madrinha contraiu os lábios.

– Como pode ter certeza? Não sabemos exatamente quando ela nasceu.

Babá deu um sorriso contrito, bem parecido com o da irmã quando ela dizia algo desagradável.

– Você sabe que nossos poderes funcionam de maneira diferente. Eu consigo ver o tempo e também consigo visitar aqueles tempos. Sei que amanhã é o aniversário dela.

— Bem, dezesseis ou não, como diretora você sabe que uma fada não pode fazer os exames sem primeiro ter assistido às aulas que a qualificam a essa honraria — a Fada Madrinha lembrou Babá.

— E como diretora, posso abrir exceções quando me aprouver — Babá replicou. — E faria o mesmo por qualquer fada que tivesse o mesmo conhecimento abrangente de Malévola. Ela aprendeu tudo o que é necessário para qualificá-la para o exame e muito mais. Eu digo que ela fará o exame!

A Fada Madrinha se ergueu da cadeira, batendo as mãos no tampo da mesa.

— Não entendo o que você vê nessa garota. Nossos poderes podem funcionar de maneiras diferentes, mas eu vi o futuro dela nos meus sonhos. Ela não trará nada além de sofrimento! Eu vi. E você também viu!

— O tempo não é uma grandeza fixa, irmã — Babá censurou-a. — O futuro, muito menos! Você sabe disso. Ela merece uma chance. E por certo merece a oportunidade de ter um futuro, que não teria caso eu não tivesse aparecido para cuidar dela!

— De novo, não! Não vou tolerar que me acuse pelo resto de minha longa vida com essa sandice — a Fada Madrinha redarguiu.

— Sandice? Você a deixou ao relento! Deixou-a sozinha com os corvos. Pouco se importava se ela vivesse ou morresse.

— É inútil conversar com você a esse respeito. Você não dá vez à razão. Ela é *maligna*! Sabe que ela é. Leve-a ao exame amanhã, se quiser. Não posso fazer nada para detê-la. Mas a decisão de aprová-la ou de reprová-la é minha.

Babá meneou a cabeça.

– Sua mente é tão obtusamente de fada. Se algo não se encaixa na sua versão ideal de mundo, se a atrapalha de algum modo, então quer que isso saia da sua frente. Malévola é como uma orquídea negra em meio a um campo de peônias cor-de-rosa. Você é incapaz de deixar que a orquídea floresça. Você a removeria por não combinar perfeitamente.

– Você ama Malévola porque ela é uma orquídea.

– E você a odeia por isso! – Babá estava ficando brava. Brava pelo fato de a Fada Madrinha não ser a irmã que ela sempre quis e por ser tão tacanha. Mas, acima de tudo, estava brava porque se preocupava com a possibilidade de a irmã estar certa. *Não! Pare com isso. Ela não tem razão. Você criou uma jovem bela, inteligente e talentosa. Você lhe deu todas as oportunidades e ela a deixará orgulhosa.*

– Continue a repetir isso a si mesma. Talvez um dia acabe acreditando – a Fada Madrinha rebateu, saindo antes de tomar o chá. Estava brava, e este era um sentimento que detestava sentir. A Fada Madrinha gostava de estar sempre feliz e de ser boa, mas essa sua versão ideal de si mesma nunca se refletia nela diante dos olhos da irmã.

Com um olhar severo, a Fada Madrinha passou por Malévola enquanto saía do jardim.

– Por que ela me odeia tanto? – Malévola perguntou ao voltar a entrar no chalé.

– Ela só está com ciúmes, minha querida. Não se preocupe. Agora me ajude a preparar o jantar. Teremos convidadas para comemorar o seu aniversário – Babá disse em seu tom normalmente tranquilizador. – Onde está o seu bichinho de estimação?

Malévola baixou o olhar como se tivesse sido apanhada em uma atividade que Babá certamente reprovaria.

– Pressenti o aparecimento de bruxas poderosas na região e o enviei para ver quem eram.

A boca de Babá se franziu e se voltou para o lado esquerdo do rosto, como frequentemente acontecia quando ela ficava perplexa.

– Minha querida, por que simplesmente não me perguntou? Eu teria lhe dito que eram as irmãs esquisitas a caminho daqui. Eu as convidei para jantar conosco hoje.

Malévola estava chocada.

– As irmãs esquisitas? As autoras de todos aqueles livros de encantamento? Elas estão vindo para cá?

– Sim, pensei que seria uma surpresa adorável para o seu aniversário! Sei o quanto ama os livros de magia delas. São velhas amigas minhas e faz tempo que não as vejo. Imaginei que seria uma bela oportunidade para uma visita. Pensei em cancelar depois que me contou seus planos de se submeter ao exame. Sei que minha irmã não gostará da presença delas aqui, mas as irmãs esquisitas insistiram. Só espero que minha irmã não desconte suas frustrações em você amanhã durante a correção de sua prova.

Malévola ficou imaginando quando Babá conseguiu enviar uma coruja para as irmãs esquisitas enquanto a Fada Madrinha estava ali.

– Ela nos enviou a mensagem telepaticamente, é claro, pequena! – um trio de vozes respondeu do lado de fora.

Assustada, Malévola deu um pulo para trás. Três mulheres apareceram à porta. Eram Lucinda, Ruby e Martha. Trigêmeas idênticas. As irmãs esquisitas. As autoras de alguns dos seus livros de magia prediletos. Nunca imaginou que um dia as conheceria, e ficou se perguntando por que Babá nunca lhe dissera que conhecia as bruxas famosas. Malévola observou as irmãs esquisitas. Não esperara que fossem precisamente iguais, mas ali estavam elas, um trio de belas mulheres. Todas elas com cabelos muito negros e olhos muito grandes delineados por um lápis preto. As boquinhas minúsculas como botões de rosas estavam pintadas de vermelho e formavam um enorme contraste com a pele branca. A pele delas era quase perfeita demais, pareciam-se com bonecas de porcelana. Tudo a respeito delas combinava, dos penteados até os volumosos vestidos verdes, bordados com folhas de outono que pareciam mudar de cor de acordo com a iluminação. Os cabelos estavam presos em coques elaborados com pedras verdes e laranja, entremeadas aos cachos anelados. Malévola nunca vira mulheres tão lindas em sua vida, e não antecipara que suas feiticeiras prediletas fossem tão adoráveis.

– Obrigada, minha querida – a gêmea do meio disse. Ela parecia ser a mais velha.

– Entrem! Entrem! – Babá chamou animada enquanto retirava mais xícaras para suas convidadas. – Vamos nos sentar e tomar um pouco de chá. Eu gostaria que conhecessem minha filha, Malévola. Faz tempo demais desde que nos vimos, e já estava mais do que na hora de apresentá-la.

— Ah, mas nós sabemos de tudo a respeito de Malévola — disse Lucinda.

— Nós a observamos no nosso espelho! — confidenciou Martha.

Ruby as silenciou.

— Psiu! Não lhes contem nossos segredos!

Malévola gargalhou. Nunca conhecera ninguém como aquelas mulheres, e se apaixonou por elas de pronto. Pareciam ser capazes de ler mentes, assim como Babá. Malévola estava acostumada com a companhia de alguém que sabia seus pensamentos, portanto isso não a incomodava em nada.

— Nós também a amamos! Feliz aniversário, Malévola! Feliz aniversário! Amanhã será um dia extraordinário! — cantarolaram as três irmãs. — Dezesseis é uma idade muito especial. Muito especial mesmo. Não perderíamos isso por nada no mundo, querida!

— Então, Aquela das Lendas, sua irmã ainda continua com seus velhos truques? — Lucinda perguntou enquanto observava Babá dispor das xícaras. Babá sorriu consigo, sabendo que uma das bruxas surrupiaria uma xícara para o bolso, como faziam praticamente toda vez que a visitavam.

— O que ela quer dizer com "velhos truques", Babá? — Malévola perguntou.

Babá lançou um olhar enviesado para as irmãs.

— Nada, meu bem. Não é nada.

— Não minta para a sua filha! — Lucinda estrilou.

— Mentir nunca serve de nada... — Ruby cantarolou.
— Nunca! — Martha concordou. — Você não pode protegê-la para sempre, Vovó!
Babá riu ante o apelido, mas não levou para o lado pessoal. Ela sabia que Martha estava apenas brincando. Além disso, era muito mais velha do que até mesmo as irmãs esquisitas suspeitavam.
— Imaginem, senhoras. Ninguém está mentindo para a menina — Babá disse, tentando acalmar as irmãs esquisitas.
— Ela se tornará uma mulher amanhã! Dezesseis anos! Dezesseis! Dezesseis! — as irmãs estavam todas cantarolando como se fosse um coral caótico. O ritmo das vozes era inebriante para Malévola.
— Proteger-me do quê? — Malévola perguntou.
— Da verdade, minha querida! Da verdade! — as irmãs gargalharam tão alto que os corvos de Malévola revoaram da casa da árvore. Seus grasnidos ecoaram em toda a Terra das Fadas.
— Rá! Isso fará com que todos os simplórios se assustem! — as irmãs esquisitas exclamaram.
— O quê? Os meus corvos? — Malévola perguntou, absorvendo tudo o que podia a respeito das visitantes. Examinou seus olhos, suas expressões, o modo como moviam as mãos. As mulheres eram algo admirável para ela.
— Ah, sim! Todos sabem que corvos são malignos — as irmãs disseram, depois riram.
— Parem com esta tolice! — Babá exclamou ao servir o chá. — Elas estão rindo à custa das fadas, claro, Malévola, e não de você.

Lucinda parecia perscrutar Malévola ainda mais atentamente do que a jovem estivera fazendo com elas.

— Você tem uma jovem bruxa muito esperta aqui, minha amiga. Acho que ela já estava ciente da nossa intenção.

— Sou uma fada, não uma bruxa — Malévola respondeu.

— Ah, mas você é uma bruxa, queridinha! Uma das bruxas mais genuínas que já vimos! — Ruby exclamou.

— Seus poderes podem até superar os de Aquela das Lendas um dia! — Martha guinchou.

— Talvez mais cedo do que ela espera — Lucinda comentou com sobriedade.

— Mas Babá... Babá também é uma fada — Malévola insistiu.

— Vocês duas podem ter nascido fadas, mas são bruxas em seus corações! Vocês fazem magia de *verdade*! — Lucinda exclamou.

As irmãs riram tanto que Malévola acreditou que as janelas do chalezinho se partiriam.

— Além disso, o que é uma fada sem asas senão uma bruxa, pequena? — as irmãs cantarolaram em uníssono, fazendo Malévola sorrir.

Babá amou ver sua menina tão feliz, mas se distraiu com um cheiro forte de queimado.

— Ah! Quase me esqueci do jantar!

As bruxas gargalharam quando Babá correu para o forno em pânico.

— Não queimou o jantar, queimou, Vovó? — Ruby perguntou, fazendo as irmãs rirem ainda mais.

– Não, não queimei, graças aos deuses – Babá disse. – Vamos lá, vamos comer.

Durante o jantar, elas discorreram sobre os exames que aconteceriam no dia seguinte. As bruxas tomaram cuidado em não fazer nem dizer nada que pudesse indicar à Fada Madrinha que Malévola tivesse trapaceado de alguma maneira.

– Ah, acredito que Circe adorará fingir ser uma princesa necessitada amanhã! – Ruby disse ao remexer na comida, espalhando-a pelo prato.

– Circe? – perguntou Malévola.

– Ela é a irmã muito mais nova das irmãs esquisitas. Ela desempenhará o papel de uma afilhada no exame. Normalmente pedimos a amigos que tragam seus filhos e filhas ou irmãozinhos e irmãzinhas para o exame. Uma vez que as irmãs esquisitas já vinham para o seu aniversário, pensei que poderiam trazer Circe junto para o exame. Nenhuma das alunas jamais encontrou Circe, com isso a experiência será ainda mais realista – Babá explicou.

– Ela tem a minha idade? – Malévola perguntou.

Martha meneou a cabeça.

– Não, querida, ela é muito mais nova, mas ouso dizer que quando a diferença de idade não for mais importante, vocês serão grandes amigas, se tudo...

– Se tudo correr conforme o plano! – Lucinda disse, terminando a previsão de Martha.

– Se as estrelas não se alinharem! – entoou Ruby.

– Ah, sim! Vocês podem ser amigas! Vejo amizade! – acrescentou Martha.

– Ou um desastre – disseram juntas num coro estranho.

Babá lançou um olhar perigoso para as irmãs esquisitas. Elas piscaram com expressões preocupadas.

– Esperemos que as estrelas não se alinhem – Babá concluiu com seriedade.

Malévola observou a estranha troca de olhares, mas fingiu que nada acontecia.

– Bem, eu gostaria que ela estivesse aqui. Gostaria de conhecê-la! – disse Malévola. Estava animada com a perspectiva de conhecer uma bruxa de idade próxima à sua.

– E dar a Macabra Madrinha um motivo para desclassificá-la? – questionou Lucinda.

– Isso, não! – Martha disse.

– Ah, não, não mesmo, querida! – Ruby insistiu.

– Não, não, não! – guincharam as irmãs esquisitas juntas.

Malévola se divertiu com o rompante das convidadas.

– Ah, entendi. Se ela se juntasse a nós no jantar, a Fada Madrinha pensaria que conspiramos para me ajudar a passar no exame.

– Isso! Embora ela não tenha permissão para ser sua afilhada amanhã!

– Ah, não! Isso não poderia acontecer!

– Porque somos amigas da sua babá.

– Que Hades não permita isso!

– Ela se juntará a nós amanhã para o bolo!

– Circe ama bolos de aniversário!

– Você completará dezesseis anos!

– Dezesseis!
– Comeremos bolo se as estrelas não estiverem certas!
Babá mudou o assunto.
– Querida, você precisa saber de outra coisa. Nem todas as afilhadas são reais. Algumas delas são meras projeções, como fantasmas. São mais complicadas do que as afilhadas verdadeiras, porque são baseadas em pessoas reais da história. Às vezes do futuro, outras do passado...
Mas Malévola não estava prestando atenção.
– O que foi, querida? Por que está tão distraída? – Babá perguntou.
– Diaval... Ele não voltou desde que o enviei mais cedo... – Malévola disse. Estivera tão entretida com a companhia de Babá e das irmãs esquisitas que quase se esquecera de Diaval.
– Para nos espiar, você quer dizer? – as irmãs esquisitas perguntaram. – Ah, nós o vimos. Ele é um bom bichinho, minha querida, mas precisa praticar suas habilidades de espião um pouco mais antes que você o envie para tarefas assim. – As irmãs riram um pouco mais.
– Tenho certeza de que ele está bem, pequena. Só está aproveitando a oportunidade para voar um pouco – Ruby disse, rindo.
– Nossa gata, Pflanze, faz o mesmo – disse Martha, rindo ainda mais alto. – Ah, ela não voa, veja bem! Ela vai sorrateira, sorrateira e acaba fugindo! É uma diabinha, às vezes fica dias sem aparecer, sem se dar ao trabalho de nos contar aonde vai ou aonde foi.
Lucinda concordou com as irmãs.

– Não me preocuparia com isso, querida. Tenho certeza de que seu diabinho está bem.

Babá pôs a mão sobre a de Malévola e sorriu.

– Sei que está gostando da nossa companhia, querida, mas é melhor ir se deitar. O exame é bem cedo amanhã.

– Posso dormir na casa da árvore, para o caso de Diaval voltar?

Babá assentiu.

– Sim, apenas tente não ficar acordada a noite inteira esperando por ele.

Todas se levantaram para abraçar Malévola.

– Boa noite, Malévola!

– Boa noite!

– Nós a amamos, Malévola! Feliz aniversário!

Malévola não se lembrava de já ter se sentido mais feliz. Babá era uma excelente mãe, e agora tinha três incríveis bruxas em sua vida que a amavam. Seu décimo sexto aniversário seria muito melhor do que imaginara.

Se ao menos não estivesse tão preocupada com Diaval, tudo estaria perfeito. Tudo ficaria bem.

Capítulo XII

As muitas vidas de Babá

Enquanto Circe e Babá voltavam juntas para o Castelo Morningstar a pé, a mente de Babá ainda se ocupava com as lembranças de Malévola. Perguntava-se se Malévola sabia que ela estava em Morningstar. Babá sabia que ela sentia as vibrações das forças em movimento ao redor do mundo. Conseguia sentir onde localizar uma bruxa, mas era incapaz de discernir exatamente qual bruxa era. Ainda assim, Babá tinha que se perguntar o motivo de Malévola estar vindo a Morningstar. Estaria vindo para ver as irmãs esquisitas? Ou vinha para confrontá-la?

— Ela logo chegará — Babá contou a Circe ao chegarem ao castelo. Cada uma delas acenou com a cabeça para Hudson, o mordomo do castelo, ao avançar pelo vestíbulo antes de entrar na sala matinal. — Por que acha que ela está vindo?

— Creio que a vinda dela se dê pelo que aconteceu a Úrsula — opinou Circe.

— Malévola não sentia amores por Úrsula — Babá a lembrou.

— Sim, é verdade, mas ela deve ter sentido a grande onda de energia nos reinos. Ela provavelmente quer saber o que a causou — Circe observou.

Babá refletiu a respeito.

— Ela *avisou* suas irmãs a não confiarem em Úrsula. Provavelmente está aqui para se gabar.

Quaisquer fossem as razões de Malévola, Babá se sentia segura em ter Circe ao seu lado.

— Claro que estou ao seu lado. Eu te amo — Circe disse, lendo os pensamentos de Babá.

Babá olhou para Circe com um sorriso triste.

— Vamos ter esperanças de que isso nunca mude. Já tive garotinhas me dizendo isso e que, mais tarde, se arrependeram.

Circe não acreditava que isso fosse verdade. Tinha certeza de que Babá se sentia assim porque a filha que mais amara já não a amava mais. E a perda de Malévola, a perda do amor da filha, fazia com que Babá se sentisse desapontada em relação a todos à sua volta.

— Eu nunca me arrependi de amá-la! — disse a Princesa Tulipa, saltitando para dentro da sala matinal e depositando um beijo na face de Babá.

Babá de súbito se sentiu muito feliz por ter as duas jovens maravilhosas ao seu lado. Isso a lembrava de um tempo no qual a filha adotiva a amara tanto quanto Circe e Tulipa a amavam agora. O estômago de Babá se contraiu ao pensar em ver Malévola e por ter o confronto inevitável. Tantos anos haviam se passado desde que se viram. E esse último encontro fora devastador.

— Tulipa, minha querida, poderia fazer uma pesquisa para mim? — Babá lhe perguntou, distraindo-se. — Poderia, por favor, ir à biblioteca e investigar quaisquer criaturas em Morningstar que sejam baseadas na terra ou nas plantas? Aparte os Senhores das Árvores e os Gigantes Ciclopes, claro, visto que você já leu tudo o que há para saber a respeito deles.

Tulipa olhou com desconfiança para Babá.

— Está tentando se livrar de mim?

Babá meneou a cabeça.

— Não, minha querida, isso é muito importante. Sei que o assunto a interessa e, por acaso, preciso muito dessa informação.

Circe via a confusão no rosto de Tulipa.

— Irei com você à biblioteca e lhe explicarei. Ela já não é mais uma criança, Babá! Merece saber o que está acontecendo — Circe lhe disse enquanto Babá expressou um olhar preocupado.

Enquanto Circe e Tulipa se encaminhavam para a porta, Circe se virou.

— Volto logo. Não se preocupe; não a deixarei só por muito tempo.

A cabeça de Babá girava e o coração disparava. Reviver suas muitas vidas — pois, de fato, era o tanto que Babá vivera — era um dom que lhe trazia apenas sofrimento. Era fácil identificar os erros passados e desejar ter feito escolhas melhores. Mas lembrar-se de todas as transgressões passadas de uma vez só, tê-las se derramando numa grande sucessão, não era algo que Babá já tivesse provado. Fracassar com sua filha adotiva fora o maior erro de todas as suas vidas. E agora Tulipa estava metida nessa confusão, com a mãe e o pai presos no reino, enfeitiçados numa maldição do sono. Tudo estava em ruínas. Babá parecia estar cercada por apenas dor e desastre iminente. Não sabia por onde começar.

Mas o fez. Já começara.

Tulipa estudaria as criaturas locais, antigas e novas. Babá precisava saber se existia alguma criatura em Morningstar que representasse uma ameaça a Malévola. E faria Circe procurar um feitiço que despertasse suas irmãs. A casa das bruxas ainda estava de pé no rochedo junto ao mar. Por certo devia haver algum feitiço escondido nos muitos livros ali que as ajudasse.

Circe voltou à sala.

— Expliquei tudo a Tulipa. Ela entendeu e não está com medo. Ela mudou muito desde a primeira vez em que a vi; mudou muito desde ontem. É maravilhoso vê-la se tornar uma jovem tão extraordinária. Estou certa de que sente orgulho dela.

Babá sorriu.

— Sempre senti orgulho dela. Sempre a enxerguei como a mulher que se tornaria. Nunca duvidei que um dia Tulipa se transformaria na jovem extraordinária que previ.

— Você enxergou quem Malévola se tornaria? — Circe perguntou.

Babá assentiu.

— Sim. Mas tentei mudar seu futuro. Tentei desviá-la para outra direção. E na minha tentativa de salvá-la, eu lhe dei todos os instrumentos de que necessitava para se transformar na Rainha do Mal.

Esse fora o maior fracasso de Babá, embora Malévola provavelmente enxergasse isso como a maior dádiva que Babá lhe dera. Dizer essas palavras em voz alta foi como cravar uma faca no coração.

Rainha do Mal.

Babá sabia que Circe estivera ouvindo seus pensamentos enquanto relembrava o passado com Malévola. Não se esforçou para mantê-los em segredo. Permitir que Circe ouvisse era muito mais fácil e menos doloroso do que repetir seus erros em voz alta. Babá sabia que Circe não a julgava. Circe era como Babá: enxergava o tempo de maneiras que outros não conseguiam. Sabia que ela jamais tentara ferir Malévola, que fizera tudo o que lhe era possível para salvar a fadinha esverdeada. Circe era capaz de rebobinar e voltar a tocar as gravações do tempo. Babá sentia que Circe provavelmente sabia mais do que ela partilhara. Devia saber de tudo. E, um dia, Babá pensou, Circe talvez fosse capaz de vivenciar todo o tempo de uma única vez sem enlouquecer. Babá sabia que, por enquanto, Circe só conseguia visitar lugares no tempo de modo individual, ainda mais quando eles estavam carregados de emoção. Mas isso tinha um custo: era muito exaustivo. E Circe precisava de todas as suas forças para ajudar as irmãs. Além disso, era cedo demais para mostrar a Circe o caminho que sua vida tomaria assim que a questão com as irmãs tivesse se resolvido. Era cedo demais para Babá contar a Circe a respeito do seu futuro grandioso; portanto, Babá tomou cuidado para manter esses pensamentos afastados de Circe até que chegasse o momento certo.

– Não deixarei que se encontre com Malévola sozinha. Só preciso aprontar um rápido encantamento de proteção no solário, e já volto para ficar ao seu lado – Circe disse. Lançou um olhar cansado para Babá antes de beijar o rosto suave e empoado. Circe sentia o coração sendo puxado em duas direções diferentes, entre Babá e as irmãs. Sabia que Babá conseguia sentir isso também. A casa de suas irmãs se empoleirava nos rochedos acima de Morningstar, e ela tinha certeza de que a resposta para despertá-las estava ali dentro. Mas os livros de feitiçaria das irmãs teriam que esperar. Seu lar de infância ainda estaria ali quando ela estivesse pronta. Circe não conseguia deixar o castelo ainda. Não enquanto a ameaçadora floresta de galhos retorcidos de Malévola se aproximava.

Capítulo XIII

Bonecas quebradas

As irmãs esquisitas estavam deitadas no chão do solário sob a imensa cúpula de vidro. Babá e Circe haviam decidido deixá-las no local em que caíram por temerem machucá-las, ainda que Circe se perguntasse se seria possível elas se machucarem ainda mais do que já tinham; não sentia nenhuma energia vital em seu interior. Para ela, pareciam-se com bonecas quebradas, sem vida. Os olhos ainda estavam abertos, levemente esbugalhando dos globos oculares profundamente escurecidos. Entristeceu-se em ver as faces alvas marcadas por riscos negros das longas horas de choro antes do colapso. O batom em seus lábios estava borrado e acomodado nas linhas ao redor das bocas. Circe ficava frustrada em ver as irmãs naquele estado. Embora não conseguisse mais sentir a presença delas, ela sabia bem no fundo de seu coração que, de algum modo, elas ainda estavam no mundo.

Apenas não neste mundo.

Murmurando um rápido encantamento, Circe arrumou a maquilagem delas, acertou os cachos de ônix, ajeitou as plumas em seus cabelos e endireitou os volumosos vestidos, feitos de seda preta com cascatas de estrelas prateadas, assemelhando-se ao céu noturno. Se Circe tinha que retardar a procura pelo encantamento que as despertaria, o mínimo que podia fazer era lhes devolver sua dignidade. Pareceriam serenas se ao menos ela conseguisse ter fechado seus olhos. Mas Circe pensou que talvez fosse melhor mantê-los abertos. Não desejava esquecer que as irmãs precisavam da sua ajuda. Só desejava poder despertá-las com a mesma facilidade com que as deixara novamente apresentáveis.

Espero que estejam bem, onde quer que estejam. Acha que elas vão acordar? Era Pflanze falando. A felina estivera observando Circe em silêncio enquanto esta ajudava as irmãs. Ver as irmãs inertes no chão enregelou o coração de Pflanze. Ela temia que elas nunca mais lhe falassem. Não sentiria mais o toque da mão de Ruby ou o resvalar suave dos lábios de Lucinda no topo de sua cabeça, ou os puxões de Martha em suas orelhas.

— Pare de se preocupar, Pflanze. Encontraremos um feitiço para despertá-las. Estou certa disso. — Dando as costas para as irmãs, Circe olhou para Pflanze. Observou a beleza da gata, maravilhou-se com os olhos dourados de Pflanze, salpicados de verde e contornados de preto. Eram impressionantes em contraste com as manchas alaranjadas, pretas e brancas no rosto da gata. — Você de fato é uma linda criatura, Pflanze. Mantenha vigília aqui. Eu voltarei.

Vai enfeitiçar a porta? Sinto-me desconfortável com minhas bruxas tão indefesas, ainda mais se Malévola está a caminho.

– Claro. Não se preocupe – garantiu Circe. Fechou a porta silenciosamente atrás de si a fim de não perturbar o sono das irmãs e sua leal guardiã. Com um volteio da mão, criou uma barricada poderosa ao redor do cômodo. Somente aqueles de coração puro e intenções nobres conseguiriam abrir a porta. Ninguém que tivesse a intenção de prejudicar as irmãs seria capaz de entrar no solário. E nenhuma magia seria forte o bastante para quebrar aquele encantamento – não um encantamento feito com amor para a proteção e a segurança das suas queridas irmãs.

Capítulo XIV

Convergência

Corujas, corvos, pombos e libélulas chegavam ao Castelo Morningstar aos borbotões. Mensagens de cada reino e de cada canto das regiões mágicas ainda chegavam copiosamente. Muitas perguntavam a respeito da grande magnitude de energia que surgira com a morte de Úrsula e se haviam sido tomadas providências. Algumas das mensagens eram simples demonstrações de condolências pela passagem de Úrsula. Babá não tinha tempo para nada disso. Responderia a elas assim que tivesse lidado com Malévola. Uma mensagem, porém, não podia esperar. Era de sua irmã, informando-a de que um grupo de fadas estava a caminho para ajudá-la a cuidar da "situação das três irmãs esquisitas". Essa era a última coisa de que Babá precisava: um punhado de fadas aterrissando em Morningstar enquanto Malévola estivesse ali!

Por que, em nome de Hades, o mundo resolve despencar todo de uma vez? Só minha irmã e suas tolas fadinhas concessoras de desejos para se meterem onde não são chamadas!

Babá ficou imaginando se tudo seria um esquema para confrontar Malévola. Teve dificuldade em acreditar que a Fada Madrinha se preocupasse com as irmãs esquisitas. Não, estava apenas sendo paranoica. Como as fadas poderiam ter ciência da aproximação de Malévola a Morningstar? As fadas estavam vindo para discutir a respeito das irmãs esquisitas. A importante Senhorita Bibidi-bobidi-bu vinha para julgar as irmãs esquisitas. Simples assim. Direto. Não havia nada com que se preocupar.

A intuição de Babá a incomodava. *Não. Este encontro será desastroso.* Tinha certeza disso.

Babá se sentia oprimida, não só por tudo o que estava acontecendo, mas também pelas recordações incessantes que continuavam a espocar em sua mente. Era estranho. Suas lembranças a inundavam, mas Babá não conseguia se lembrar de como as *perdera*, para início de conversa.

– Você provavelmente lançou um feitiço em si mesma para se esquecer. Parece-me algo que você faria – Circe disse à soleira da porta, interrompendo os pensamentos de Babá.

Circe devia ter razão. Era bem provável que Babá tivesse autoimposto a perda de memória como um modo de lidar com a dor por ter falhado em proteger Malévola. Já era horrível o suficiente lembrar-se dos próprios arrependimentos, mas lembrar-se das recordações de Malévola em detalhes vívidos era de partir o coração. Não era nenhuma surpresa que tivesse escolhido o olvidamento.

Babá mudou de assunto, em uma breve tentativa de evasão das lembranças.

– Como estão suas irmãs? Alguma alteração?

Circe sacudiu a cabeça.

– Nenhuma.

Babá pareceu triste, perdida em pensamentos. Não se expressou, mas Circe sabia que ela também estava muito inquieta com as irmãs esquisitas, e que também estava preocupada a respeito de Malévola.

– Não quero que se preocupe – Circe disse por fim. – Sei que encontraremos uma maneira de acordar minhas irmãs. E quanto a Malévola, você tem Pflanze. Tem Tulipa. E, claro, tem a mim. Estamos aqui. Não há nada que Malévola possa lhe fazer conosco ao seu lado.

– Francamente, estou mais preocupada com minha irmã e suas amiguinhas boazinhas – Babá confessou, entregando a missiva da Fada Madrinha para Circe. – Elas também estão a caminho.

Circe estreitou os olhos.

– Isto é um problema. Não há como sugerir que deem meia-volta? Dizer-lhes que não são necessárias?

Babá meneou a cabeça.

– Minha irmã nunca imagina uma situação em que não seja bem-vinda. Dizer-lhe que não é necessária sequer seria ouvido. Rejeitá-la não é uma opção. Ela simplesmente me olharia com placidez e fingiria não entender o que estou lhe dizendo.

Circe suspirou.

— Por que ela está vindo? Você não acha que foi ela quem adormeceu minhas irmãs, acha?

— Honestamente, não sei. Presumi que elas estivessem dormindo porque combater o feitiço que criaram para ajudar Úrsula tivesse lhes sugado as forças — Babá explicou. — Mas elas ainda não acordaram. Nada do que fiz ajudou. Nada que você tenha feito as ajudou. E agora fico me questionando se as fadas de *algum modo* intervieram.

Os olhos de Circe reluziram de raiva.

— Intervieram como? Se elas as machucaram...

— Não, a magia delas não permite que elas firam ninguém, nem mesmo seus inimigos — Babá explicou. — E suas irmãs nunca foram inimigas delas, não de verdade. Sim, ficaram ao lado de Malévola no passado. As irmãs esquisitas a ajudaram antes, mas elas nunca perseguiram as fadas. Ao que tudo leva a crer, minha irmã vem extrapolando suas funções nos últimos tempos. Ela vem estendendo demais as funções de Fada Madrinha. A Princesa Aurora não é sua afilhada, mas se ela tomou para si a tarefa de lançar um feitiço de sono eterno sobre suas irmãs, aposto como foi pela proteção das suas amadas princesas.

Circe franziu o cenho.

— Pensei que Cinderela fosse a única princesa dela.

— Ela é, e está vivendo muito feliz. Mas suspeito que minha irmã esteja se cansando de não ter muita coisa a fazer. Por isso está metendo seu narizinho rechonchudo onde não devia — Babá suspirou. — Chega de falar da minha irmã. Só espero que ela não traga aquelas insuportáveis aduladoras, as três fadas boas, com ela.

– Você não gosta das fadas, não é mesmo, Babá? – Circe perguntou com um sorriso. – Eu não a culpo. Se serve de consolo, não a considero uma fada. No meu coração, você é uma bruxa e sempre foi.

– Obrigada, querida. Suas irmãs certa vez disseram algo bem parecido para mim e para Malévola. Algo a respeito de termos nascido fadas, mas termos corações de bruxas. Suponho que estivessem certas.

Circe pensou a respeito.

– Veja, se pensar bem, uma fada pode muito bem ser uma bruxa, assim como um humano poderia, se fosse capaz de executar o tipo certo de magia. Mas com você, acho que existe mais por trás. É o que vejo em seu coração. Você não partilha das sensibilidades de fada.

– Não mesmo! E eu lhe agradeço por isso, minha querida, mas...

Babá foi interrompida por uma batida forte à porta de entrada do castelo, que sobressaltou a ambas. O coração de Babá despencou. Ainda não estava preparada para enfrentar Malévola.

Circe tomou a mão de Babá e a apertou, lembrando-a de que estava ali para protegê-la. Como Babá desejou ter Circe sempre em sua vida... Como teria sido contar sempre com uma jovem bruxa poderosa desejando fazer o bem ao seu lado? Uma bruxa de coração aberto e sem a intolerância que corria à solta em meio à comunidade das fadas? Babá vinha se preparando para a ira de Malévola, mas ainda não estava pronta para enfrentá-la. Não estava preparada para a censura. Talvez, quando Malévola visse Circe, ela enxergasse seu coração e visse Babá através dos olhos de Circe. E talvez a julgasse menos por conta do amor que Circe sentia por ela – uma mulher velha que apenas agora se lembrava de quem era de fato.

Hudson entrou na sala com uma expressão grave. Estava pálido e parecia pouco à vontade.

– O que foi, Hudson? Qual o problema? Quem está aqui? – Babá perguntou.

– É a Rainha Branca de Neve, senhora. Ela enviou uma mensagem.

Pelo amor de todas as coisas boas, o que Branca de Neve poderia querer conosco?, Babá se perguntou.

Hudson passou o peso para a frente e para trás, desajeitado.

– E o pajem, senhora, diz que a mensagem é da Rainha Branca de Neve *e* da mãe dela.

Não era do feitio de Hudson fazer perguntas, ainda mais quanto à realeza, mas ele não pôde se conter.

– Senhora, a Rainha Branca de Neve perdeu o juízo? Todos sabem a história da derrocada da velha rainha. Por favor, desculpe a minha impertinência, mas...

– Meu caro Hudson, por favor, não se preocupe com isso. Eu lhe garanto que a Rainha Branca de Neve não enlouqueceu – Babá afirmou.

– Sim, senhora – Hudson disse nervoso. Ele não parecia nada à vontade com o conhecimento de que a mal-afamada Rainha Grimhilde de alguma maneira ainda habitava este mundo.

– O temperamento da velha rainha mudou desde a sua morte, Hudson. Por favor, não se preocupe – Babá tranquilizou-o. Hudson lançou um olhar a Babá ao qual ela já se acostumara: um olhar maravilhado por ela ter lido seus pensamentos. – Ficarei com a mensagem agora, Hudson, se você não se importar – acrescentou com um sorriso recatado.

Hudson tateou desajeitadamente à procura da mensagem e a colocou na mão estendida de Babá.

– Claro. S-sinto muito! – ele gaguejou.

– Por favor, Hudson, não se preocupe. Por que não desce e toma uma bela xícara de chá? Acho que isso lhe fará bem.

– Pobre Hudson – Circe disse com uma risada enquanto as bruxas viam-no se afastar. – O que diz a carta?

– Deixe-me ver – respondeu Babá. Circe a observou, analisando as feições de Babá em vez de ler seus pensamentos. Evidentemente as rainhas não enviavam boas notícias. – Parece que suas irmãs deixaram um livro no antigo castelo da rainha em uma das suas visitas, quando Branca ainda era pequena – Babá explicou. – Um Livro dos Contos de Fadas. Aparentemente, a velha rainha costumava ler o livro para Branca quando ela era criança, e existe uma história sobre uma Bruxa Dragão que faz uma jovem adormecer para sua própria proteção. Elas agora se perguntam, com tudo o que vem acontecendo com Aurora e com Malévola, se esse livro não previu a história delas.

Circe não sabia o que entender a partir dessa informação, mas Babá prosseguiu antes que ela pudesse fazer alguma pergunta.

– A parte mais preocupante para ela é que o livro parece prever a história de todos. Não apenas a de Aurora, mas a de Branca, de Ariel, de Tulipa, de Cinderela e até a sua!

A velha rainha e Branca de Neve estão preocupadas que o livro esteja enfeitiçado.

Circe nem quis pensar no que significaria caso suas irmãs tivessem enfeitiçado o livro.

— Acredita que ele seja?

— Enfeitiçado? Não, acho que conheço esse livro. Acredito que esteja simplesmente registrando o tempo. Não é uma profecia nem um encantamento. Duvido que até mesmo suas irmãs fariam algo assim.

Circe não tinha tanta certeza.

— Se minhas irmãs enfeitiçaram esse livro, você sabe que a rainha Grimhilde buscará vingança. Todos irão querer.

Babá estremeceu ante a ideia. Se as irmãs esquisitas tivessem mesmo enfeitiçado o livro, nem mesmo Circe seria capaz de protegê-las das repercussões dos seus graves feitos.

— Precisamos ver esse livro. Circe, pode escrever para Branca de Neve e pedir que o envie? A única maneira de sabermos se o livro está enfeitiçado é você o avaliar. Se suas irmãs fizeram isso...

Circe a interrompeu.

— Será devastador.

Babá sentiu um calafrio terrível ao pensar na destruição que as irmãs esquisitas causaram no decorrer dos anos. Sentiu um peso no coração — um peso que não sentia há tanto tempo que nem se lembrava da última vez. Ficou se perguntando se deveriam mesmo trazer as irmãs de volta. Prometera a Circe ajudá-la a despertá-las simplesmente porque era a vontade de Circe, e Babá não desejava outra coisa senão fazer Circe feliz. Mas será que seria mesmo o melhor rumo para Circe?

Ela ficaria feliz com as irmãs no mundo, infligindo morte e destruição em tudo o que tocavam? Circe passaria o resto de sua longa vida consertando os erros das irmãs e ajudando àqueles que as irmãs tivessem prejudicado. Será que um dia atingiria seu potencial máximo nas sombras delas? Babá sentia o coração despedaçado no rastro dessa revelação. *Não posso me recusar a ajudá-la agora. Não posso recuar na minha promessa. Mesmo que fosse melhor para Circe se as irmãs permanecessem dormindo.*

O rosto de Circe estava carregado de pesar. Ouvira os pensamentos de Babá e se sentiu traída por eles.

– Como pôde? – Circe lamuriou-se enquanto o rosto de Babá empalidecia.

Babá não tivera a intenção de que Circe ouvisse suas ponderações.

– Só quero protegê-la, Circe. Eu juro – insistiu.

Circe permaneceu em silêncio, sem saber o que dizer. Sentia-se entorpecida e à beira das lágrimas. Não conseguia encarar Babá.

– Acho que vou para casa agora, escrever para Branca de Neve, e perguntar mais a respeito desse livro – anunciou Circe. – Além disso, acho que me faria bem uma mudança de ares.

Capítulo XV

As bruxas nos espelhos

Durante o tempo em que esteve no Reino dos Sonhos, Aurora nunca conseguiu falar com quaisquer das pessoas que tivessem aparecido no quarto espelhado; ela sempre era uma mera observadora. E agora que estava falando com alguém naquele local desolado e sombrio, tinha que ser com aquelas mulheres, aquelas *bruxas*, aquelas lunáticas desvairadas e bizarras que ela mal compreendia.

– Ah, isso não é nada gentil, princesa. Nada mesmo.

– Isso mesmo, controle seus modos, querida!

– Suas fadas madrinhas idiotas não lhe ensinaram a ter educação?

Aurora não sabia o que responder. Ainda não estava totalmente convencida de que as bruxas estavam de fato falando com ela. Lembrou-se de uma noite enquanto observava a prima Tulipa. Podia ter jurado que Tulipa dirigira-se a ela, mas, no fim, estivera falando com sua gata, Pflanze. Aurora se achara uma boba por ter lhe respondido, e prometera não cometer o mesmo erro de novo.

— Ah, mas estamos falando com você, princesa! Estamos sim!

Aurora estreitou o olhar para as bruxas do espelho.

— Sim, Aurora! Nós a estamos enxergando! — As duas bruxas à esquerda e à direita do espelho acenavam loucamente, com os olhos arregalados enquanto sorriam como maníacas.

Mesmo sendo iguais, a bruxa do meio de certa forma parecia mais velha que as outras duas. Não fazia as mesmas palhaçadas que as demais. Apenas permanecia ali, encarando Aurora, avaliando-a.

— Quer dizer que você é a Princesa Aurora. Malévola ficará muito satisfeita porque a encontramos.

— Quem... quem são vocês? E como conhecem Malévola? — Aurora perguntou com hesitação.

— Meu nome é Lucinda, e estas duas bruxas muito animadas são minhas irmãs, Ruby e Martha. Quanto a Malévola, bem... ela é uma velha amiga nossa — a bruxa do meio respondeu.

Aurora observou as irmãs esquisitas. As mulheres eram evidentemente mágicas, mas Aurora sentia que os poderes delas estavam limitados pela magia crepuscular do ambiente onírico.

— São as irmãs de Circe? — perguntou a princesa, chegando a uma conclusão. Vira uma linda bruxa chamada Circe no Castelo Morningstar com sua prima, a Princesa Tulipa. Circe estava preocupada com as irmãs, que estavam aprisionadas na Terra dos Sonhos.

– Como a Rosa adormecida sabe da nossa irmãzinha? – Ruby berrou, e seu rosto se contorceu horrivelmente.

Lucinda lançou um olhar feio para a irmã, silenciando-a.

– Não grite, Ruby. E, por favor, vamos tentar conversar francamente e de maneira direta com a princesa. Este lugar já é tumultuoso o bastante sem que pioremos a confusão.

– Ah, não! Estamos fazendo isso de novo, Lucinda? Por favor! Por favor, não diga que temos que fazer isso! – Ruby e Martha exclamaram.

– Conte-nos como conhece nossa irmã! – Ruby rosnou, fazendo com que Aurora se afastasse sobressaltada.

– Pare com isso, Ruby, e deixe que a garota responda à pergunta! – Lucinda a repreendeu.

Evidentemente, Lucinda comanda as outras duas, a princesa pensou.

– Ela não está no comando! – guinchou Martha, lendo a mente de Aurora.

– Ah, você sabe que ela está, sim! Sempre esteve! – disse Ruby.

– Irmãs, por favor! Deixem a garota falar. Ela estava para nos contar da nossa irmã – interveio Lucinda.

– Bem, na verdade, não estava, não. Parece-me que uma vez que tenho informações que querem, seria melhor mantê--las para mim – Aurora disse com bravura.

Lucinda sorriu com malícia.

– Entendo.

O que aconteceu em seguida foi absolutamente inesperado. Lucinda saiu do espelho como um espectro do braço da morte, as mãos ossudas e compridas tentando agarrar a princesa. Aterrorizada, Aurora caiu para trás no chão, subitamente tomada por uma terrível queimação interna.

As três irmãs crepitaram.

— Cuidado, garota! Você não descobriu *toda* a magia deste lugar, ou a magia que habita o seu interior. Agora, conte-nos o que sabe sobre nossa irmãzinha!

Capítulo XVI

Os grimórios das irmãs esquisitas

Circe estava sentada no chão de sua sinistra e silenciosa casa, cercada pelos livros das irmãs. Escrevera uma carta para Branca e agora procurava alguma coisa – qualquer coisa – que a ajudasse a despertar as irmãs. Os vitrais das janelas, representando muitas das aventuras delas, não inspiraram suas ideias quanto a como acordá-las. Era tão estranho estar sozinha na casa, folheando os livros das irmãs e inspecionando a despensa. Encontrava inúmeros encantamentos para fazer dormir e seus antídotos, mas nada para trazer de volta alguém do Reino dos Sonhos – se era lá mesmo que suas irmãs estavam. Se a história contou alguma coisa a Circe, foi que deveria existir algum adendo para qualquer que fosse a maldição que enviara suas irmãs à Terra dos Sonhos, para início de conversa. Era provável que a pessoa que as amaldiçoara seria a única capaz de trazê-las de volta. Mesmo assim, ela procurou.

Os corvos negros de ônix que flanqueavam a lareira encaravam o vazio enquanto Circe procurava em vão em vários dos livros de magia e diários das irmãs. Circe teve que lançar mão de toda a sua força de vontade para não se distrair com as histórias neles. Suas irmãs eram muito mais velhas do que ela. Com frequência se perguntava como tinham sido suas vidas antes de terem que cuidar dela. Elas nunca falavam disso – ou da época anterior à sua chegada a este mundo, nem dos pais, e de como eles morreram. A infância de Circe era um mistério para ela. Não se lembrava de nada da sua criação. Toda vez que tentava perguntar às irmãs a respeito dessa época, elas simplesmente tagarelavam palavras sem sentido a fim de que ela deixasse o assunto de lado. Se ao menos seu poder de recuar no tempo e vasculhá-lo funcionasse nela mesma... Não conseguia deixar de imaginar se aqueles anos estavam documentados em alguns daqueles livros. Quando era criança, os livros de feitiçaria das irmãs ou se recusavam a se abrir ou gritavam de dor se ela os tocasse. Suas irmãs eram alertadas todas as vezes que tentava espiá-los. Mas agora as irmãs não estavam ali. Ela só precisava abrir os livros, que a excitavam e assustavam simultaneamente. Se os feitiços de proteção das irmãs foram quebrados, isso significava que elas jamais superariam sua provação? Normalmente, um feitiço só deixa de funcionar quando a bruxa morre.

Lembrou-se de Babá lhe contando como o feitiço de Circe enlouqueceu quando Úrsula tomou a sua alma. Babá se preocupara que algo terrível tivesse lhe acontecido, mas ela acabara se recuperando, não? Isso, pelo menos, lhe dava esperanças.

Enquanto Circe continuava sentada com uma pilha de livros diante de si, a luz que atravessava o vitral com uma única maçã vermelha desenhada chamou sua atenção. Vira aquela janela inúmeras vezes ao longo dos anos, e sabia o significado por trás dela. Conhecia fragmentos da história, de todo modo, assim como sabia apenas trechos dos contos que inspiraram os vidros que permeavam todo o seu lar. Mas, naquele instante, a maçã prendeu sua atenção e deu um repuxão em seu coração. Pensou no livro de Branca de Neve e ficou imaginando os segredos que ele podia conter.

Nesse instante, ela ouviu batidas rápidas na porta da frente, tão suaves que quase não as percebeu. Abriu a porta e encontrou uma minúscula coruja batendo o bico na grande aldrava de latão que as visitas costumavam usar para anunciar sua presença. A criaturinha ficou tão encantada pelo próprio reflexo no latão que estava completamente alheia a Circe.

– Venha, minha pequena. Eu lhe darei um biscoito – disse Circe, apanhando-a na mão. A corujinha cinzenta piou seu agradecimento quando Circe a colocou com cuidado sobre o tampo da mesa. Ela de pronto estendeu a patinha minúscula, à espera de Circe retirar o pequeno pergaminho que fora amarrado ali. A ave parecia bamboleante ao equilibrar-se em apenas uma pata. Circe ficou imaginando há quanto tempo a corujinha vinha entregando mensagens e qual a sua taxa de sucesso. Encontrou a lata de biscoitos, quebrou um ao meio, e deu-lhe para que mordiscasse enquanto ela lia a mensagem. A coruja lhe lançou uma olhar enviesado, como se ela fosse avarenta.

– Você é muito pequenina. Receberá a outra metade quando tiver terminado esta – Circe lhe retorquiu ao desenrolar o pergaminho e começar a ler.

Querida Circe,

Obrigada por sua carta sincera. Queria que soubesse que a recebi, e que minha mãe concordou em me ajudar com as instruções para o feitiço de transporte que você me enviou.

Existem tantas outras coisas que eu gostaria de lhe dizer, mas visto que logo estaremos reunidas, creio que deixarei isso para mais tarde.

Com afeto,
Rainha Branca de Neve

Circe ficou extasiada com a ideia de finalmente conhecer a prima, a Rainha Branca de Neve. Baixou o olhar para o vestido que usava e gargalhou. *Oras, melhor eu trocar de roupa!* Circe estava completamente desalinhada por conta dos eventos que lhe aconteceram nas últimas semanas. Nem se dera ao trabalho de se olhar no espelho – e não ousava fazer isso agora, pois temia o estado espantoso em que devia estar.

A coruja bateu a patinha na mesa de madeira, à espera da sua recompensa. A bruxa lhe lançou a outra metade do biscoito enquanto escrevia uma mensagem apressada para

Babá, a fim de informar que Branca estava a caminho de Morningstar.

Assim que se arrumasse e ouvisse o que a Rainha Branca de Neve tinha a dizer, prosseguiria em sua busca nos livros das irmãs. Circe só esperava encontrar algo antes que fosse tarde demais.

Capítulo XVII

Os senhores das árvores

Pflanze estava sentada quietinha no solário com as três irmãs esquisitas. Ocupava-se observando a árvore do solstício, com as decorações prateadas e douradas brilhando à luz das velas, quando uma sensação horrenda se apossou dela. Permaneceu imóvel. Suas orelhas se aguçaram quando ela ouviu um tremor horrendo. Algo grande se aproximava do Castelo Morningstar. Conforme chegava mais perto, os enfeites na árvore começaram a sacudir com força, caindo dos galhos e estilhaçando ao redor de Pflanze. Ela saltou para longe da árvore e deu um miado agudo para chamar a atenção de alguém. Raramente usava sua voz, e ela lhe pareceu estranha. Resolveu chamar Babá telepaticamente, mas antes de conseguir fazer isso, as portas do solário se escancararam, revelando uma Babá muito preocupada, e Tulipa.

O que é isso? O que está acontecendo? Pflanze perguntou, parecendo mais assustada do que Babá jamais a vira.

— Não sabemos! Pensamos que as irmãs esquisitas tivessem acordado e por isso você estivesse miando! — Babá exclamou, olhando ao redor da sala, freneticamente tentando encontrar a causa do tremor. A sala escureceu e, de repente, tudo ficou preto.

— Pare! — Babá ergueu as mãos para o céu, criando uma luz prateada cintilante. Árvores imensas haviam cercado o solário. Árvores maiores do que quaisquer outras, árvores que se acreditava estarem extintas. Árvores que governaram o reino numa época anterior aos homens e às mulheres.

Babá logo entendeu quem elas eram.

Tulipa, chocada, mirou o alto das árvores. Ela sonhara com essas criaturas ao ler suas histórias, mas jamais pensara que um dia as veria na vida real.

— Elas não nos farão mal. Elas não são assim! — Tulipa exclamou. Temia que Babá as ferisse com sua magia.

Antes que Babá pudesse responder, houve uma batida rápida à porta da frente do castelo. Babá e Pflanze voltaram a atenção nessa direção enquanto Tulipa disparava para fora da sala para ver quem era. Quando Hudson abriu a porta, o Príncipe Popinjay correu para dentro do castelo, parecendo muito satisfeito consigo.

— Tulipa! Os Senhores das Árvores! Eles estão aqui!

Tulipa riu.

— Sim, meu amor, eu sei. Mas o que *você* está fazendo aqui? — Ela tirou as folhas e os gravetos do casaco de veludo dele, endireitando as fitas das mangas.

— Tive que segui-los quando vi que se dirigiam ao castelo, meu amor! Mas eles me garantiram que não pretendem fazer mal algum. O líder deles, Oberon, quer falar com você – explicou Popinjay.

Tulipa piscou algumas vezes, estava confusa.

– Comigo? Mas por quê?

– Não sei, minha querida. É melhor você mesma perguntar a eles.

– Suponho, então, que seja melhor eu sair e me encontrar com ele – concluiu Tulipa.

– Muito bem, querida, sei que não teme Oberon, mas seria bom tomar cuidado – Babá disse. – Não concorde com tudo. Não faça promessas que não terá a capacidade de manter. E o que quer que faça, por favor, alerte-os de que Malévola está a caminho e não hesitará em usar fogo para se proteger.

Tulipa assentiu, compreendendo a importância de tudo o que Babá dizia.

– Sim, claro.

– Escolha suas palavras com inteligência, minha cara. Como você leu, os Senhores das Árvores falam com muita franqueza. Nunca há espaço para interpretação, e você deve usar linguagem semelhante. Sempre fale o mais diretamente possível. Suas palavras importam agora mais do que nunca. Má interpretação pode ser algo desastroso. Agora vá! Fale com o Rei das Fadas!

Capítulo XVIII

Oberon, o rei das fadas

A Princesa Tulipa Morningstar ficou à sombra de Oberon. Não conseguiria calcular a altura dos Senhores das Árvores sem vê-los com seus próprios olhos. Sua imaginação era notável – mas ver a absoluta grandiosidade de Oberon e seu exército ao vivo era mais perturbador do que imaginara em seus sonhos mais loucos. Ele era mais alto do que o Farol dos Deuses, apequenando Tulipa, que se sentia menor do que nunca. Apesar disso, de alguma maneira, ela não sentia medo.

Parada de pé e em silêncio, esperou que Oberon falasse primeiro. Tecnicamente, ele visitava suas terras, mas as governara primeiro, muito antes da época dos homens e das mulheres. A Princesa Tulipa queria lhe mostrar o respeito merecido. Por sorte, não teve que esperar muito. A voz de Oberon reverberou acima, balançando os galhos. Suas folhas cascatearam ao redor de Tulipa enquanto sua voz sonora

— que combinava com um ser tão venerável e poderoso — ecoava pela escuridão.

— Princesa Tulipa, sinto-me honrado em conhecê-la. Seria muito inconveniente se a apanhasse entre meus ramos para que possamos falar frente a frente?

— Nem um pouco. Tem minha aprovação — Tulipa respondeu com sinceridade. Nunca se sentiu tão destemida. Enquanto os galhos de Oberon a seguravam com gentileza, ela não temeu ser esmagada em seu aperto. Ele a depositou em segurança no balcão do Farol dos Deuses, onde poderiam se falar quase que cara a cara.

— Ah, aí está você. Você tem as feições de uma rainha. Possui uma beleza que ultrapassou minha imaginação.

Tulipa sorriu para o Senhor das Árvores, examinando as linhas do seu rosto. Suas feições eram definidas pela casca e pelas rachaduras de seu tronco. E, para Tulipa, pareceu que ele tinha o rosto mais benevolente que ela já vira.

— Que palavras gentis, minha querida — Oberon disse, lendo-lhe a mente. — Estamos aqui para protegê-la da Fada das Trevas. Há muito tempo, ela destruiu as Terras das Fadas. Deixamos que as outras criaturas da floresta executassem sua vingança enquanto dormíamos. Mas agora que despertamos, não podemos permitir que ela venha para as nossas terras — as suas terras — para destruir aqueles a quem você ama, querida Tulipa.

A princesa não entendia o motivo de Oberon sentir tamanha devoção a seu respeito. Ela não sabia o que havia feito para merecer tamanha honraria.

– Permanecemos inativos na escuridão e na obscuridade pelo que pareceu ser um milênio, até que seu interesse nos despertasse – Oberon respondeu. – Suas histórias, sua imaginação a nosso respeito retirou a mim e aos meus irmãos de nosso sono e nos devolveu à vida. Fomos esquecidos nestas terras depois de sermos expulsos pelos Gigantes Ciclopes após a Grande Guerra. Mas sua sede por saber reacendeu a vida em nós, e por isso somos gratos. Sem seu interesse e sua devoção, nós não existiríamos. Testemunhei muitas coisas enquanto dormia, minha querida. Há muitas coisas erradas neste mundo que pretendemos consertar. É hora de eu assumir meu posto entre as fadas uma vez mais como seu benfeitor. Para merecer este lugar de novo, devo destruir a Fada das Trevas, conhecida como Malévola, pelos seus crimes contra as Terras das Fadas.

– Se não se importar com a inquirição, por que punir Malévola por ter queimado as Terras das Fadas há tanto tempo? – Tulipa perguntou.

Oberon pareceu refletir a respeito da pergunta de Tulipa.

– Porque, minha cara, antes estávamos dormindo. Assistimos às atrocidades dela adormecidos. Observamos horrorizados enquanto ela destruía cada criatura viva naquelas terras – todas a não ser as fadas. As fadas precisaram de anos para reparar os danos. Nem uma vez sequer ela retornou para ver se algo havia sobrevivido. Nem se deu ao trabalho de descobrir se sua mãe adotiva ainda vivia. Estávamos impotentes, como que aprisionados num pesadelo, assistindo a tudo isso sem sermos capazes de tomar uma atitude. Mas agora que estamos despertos, não há escolha a não ser vingar a natureza ao fazer Malévola pagar por seus atos. Ela é um perigo para todas as coisas vivas. É um perigo para si mesma. Ela é um perigo para aqueles a quem você ama!

Tulipa estava atônita. Não sabia nada sobre Malévola além do fato de que ela fizera sua prima dormir em seu décimo sexto aniversário. Tulipa não tinha como defender Malévola.

– Posso lhe fazer outra pergunta?

O Senhor das Árvores gargalhou.

– Pode me perguntar tudo o que desejar, pequena. Se não fosse por você, não estaríamos aqui.

Tulipa sorriu.

– Obrigada. Quem os fez adormecer? Sei que governaram estas terras muito antes dos homens e das mulheres chegarem à costa. E sei que você e sua espécie partiram depois da Grande Guerra entre os seus e os Gigantes Ciclopes. Mas para onde foram? Para as Terras das Fadas?

A gargalhada de Oberon reverberou no seu peito.

– De fato, fomos para as Terras das Fadas, minha cara. Decidimos perambular até que encontrássemos um lugar para chamar de lar quando nos deparamos com as fadas. Elas viviam com medo, sob a constante ameaça de ataques dos ogros. As bestas vis fervilhavam nas Terras das Fadas, queimando-as uma atrás da outra. Matavam tudo e todos que encontravam pelo caminho. Por isso, lá ficamos e combatemos os ogros, e fizemos das Terras das Fadas o nosso lar até vagar para a obscuridade para o nosso repouso.

– Quer dizer que vocês mesmos se colocaram para dormir? – Tulipa perguntou.

— É verdade, minha doçura. Nossa espécie supera muitas vidas, como sua Babá, porém infinitamente mais. Sem dormir certa quantidade de anos, nós definharíamos e morreríamos. Claro, assumimos o risco de deixarmos de existir na imaginação dos vários habitantes prevalecentes. Mas alguém sempre nos tira do descanso, como você fez, minha pequena.

— Minha Babá, aquela que você conhece como...

— Sim, como a Aquela das Lendas. Ela é um dos seres mais poderosos das Terras das Fadas – Oberon a interrompeu.

Tulipa pareceu surpresa. Acabara de se acostumar com a ideia de que sua babá era uma bruxa, e agora Oberon lhe dizia que ela era uma fada.

— Sim, querida, ela é uma fada do mais alto escalão. Quer ela queira admitir isso ou não, ela é daquele reino e sempre será – disse Oberon, lendo os pensamentos de Tulipa. – Ela é a mais pura da espécie das fadas. Deixei de sentir a magia dela no mundo em que eu dormia. Pensei que ela tivesse desaparecido para sempre, mas, recentemente, voltei a senti-la. Você também a despertou como fez comigo, minha pequena?

Tulipa meneou a cabeça.

— Não, foi Pflanze, a gata das irmãs esquisitas. Ou, pelo menos, é nisso que Babá acredita.

A gargalhada de Oberon ecoou pelos seus galhos, sacudindo as folhas e fazendo com que caíssem ao redor de Tulipa uma vez mais.

— As irmãs esquisitas! Ainda estão neste mundo? Deixei de sentir os espíritos delas depois que Úrsula morreu. Temi que estivessem perdidas para nós, deixando-nos com as melhores partes delas. — Oberon sorriu ante a expressão confusa de Tulipa. — Ah, sim, conheço as irmãs esquisitas. Todos os seus feitos, todos os seus segredos, todas as suas traições e amores... mas não cabe a mim falar delas. O que me importa agora é que a Fada das Trevas pague pelas suas transgressões. Senti que ela vinha para cá e também suas intenções sombrias. Para mim, foi uma tortura ouvir os gritos dos nossos irmãos quando Malévola incendiou as Terras das Fadas. Eles queimaram, e eu estava impotente para fazer qualquer coisa a respeito. Mas agora estamos livres. E estivemos esperando um longo tempo para fazer a Fada das Trevas pagar com sua vida.

De muito longe, Tulipa ouviu um gritinho. Oberon também o ouviu. Baixou o olhar e viu Babá parada na base do farol.

— Venha aqui em cima, querida, use suas asas — Oberon ordenou. Um momento mais tarde, Babá apareceu ao lado de Tulipa e flutuou no ar.

— Somente por você, Oberon — Babá respondeu.

O Rei das Fadas olhou com afeto para Babá.

— E suponho que tentará defender sua antiga protegida, sua filha? Tentará poupá-la da minha ira, mesmo que ela a mereça? Parte meu coração magoá-la, minha pequena, de verdade, mas não posso permitir que os maus feitos dela fiquem sem punição. E como ela lhe pagou pelos seus cuidados para com ela? Ela quase matou todos nas Terras das Fadas. Ela quase a matou, e ainda pode fazê-lo.

— Você sabe que foi um equívoco — Babá insistiu. — Sabe que foi minha culpa. Se tem que culpar alguém, culpe a mim.

Oberon riu.

– Você já se puniu demais, querida. Não há nada que eu possa fazer que você já não tenha feito a si mesma.

Babá estava de coração partido.

– Mas Malévola também. As irmãs esquisitas me contaram que ela se culpou por anos. Torturou-se pelo que fez!

Oberon meneou a cabeça.

– Ela não aprendeu nada com isso. Apenas deslizou ainda mais para a escuridão. Suas ações não são redentoras. Caso tivesse tomado outro caminho, caso tivesse se tornado a bruxa que você esperava que ela fosse, nós não estaríamos aqui. Você sabe que é a verdade. E também sabe que sou justo e compassivo. Não distribuo castigos injustamente. Use seus poderes. Veja os crimes dela. Eu os vi conforme aconteciam. Você se recusou. Esse é provavelmente seu único pecado em relação a ela.

– E quanto ao papel da minha irmã em tudo isso? – Babá perguntou. – E quanto às três irmãs boas? Elas merecem ir flanando em direção ao pôr do sol, como de costume, sem nem mesmo...

Oberon a interrompeu.

– Não, minha cara, elas não farão isso. Mas não lidarei com as fadas boas até que a afilhada delas esteja sã e salva, e seu reino não estiver mais adormecido. E quanto à sua irmã, ela é um dos motivos pelos quais estou aqui. Ela me desapontou imensamente ao longo dos anos. Pretendo restaurar compaixão e imparcialidade nas Terras das Fadas outra vez. Por tempo demais tenho visto corrupção da magia das fadas, e em meu nome! Isso é inaceitável! – Oberon estava ficando bravo, e sua voz fazia a terra tremer.

– Com licença, Rei Oberon? – Tulipa disse com suavidade.

O Rei das Fadas baixou o olhar para Tulipa, lembrando-se de que ela estava ali.

– Sim, coração?

– Sua voz está tão alta que temo que ela estilhace as lentes do senhor Fresnel, as quais ajudam a iluminar o caminho dos muitos navios que atravessam nosso reino – ela disse, apontando para a luz do farol.

Oberon riu.

– Sim, minha cara, você tem razão. E ele sempre foi muito astuto. Nunca se sentiu atraído pelas minas, como os outros anões. Sempre preferiu a luz. Ele trabalhou muito próximo do meu inimigo, Vitrúvio, o Rei Ciclope, para criar o farol mais magnífico de todos os tempos. Era um verdadeiro artista e artesão, um absoluto cavalheiro, e muito articulado para um anão. Mas estou divagando.

Oberon parou de falar e baixou o olhar com uma expressão estranha para Babá.

– Estou entediando-a novamente com minhas histórias, minha querida?

– Não. Eu só estava pensando. Lançarei um feitiço de invisibilidade ao seu redor e dos outros Senhores das Árvores. Não quero que Malévola saiba que estão aqui quando chegar – disse com firmeza.

O rosto de Oberon ficou sério.

– Entendo.

– Por favor, dê-lhe esta chance – Babá disse. – Por favor, não lhe faça mal.

– Prometo lhe dar a oportunidade de falar com ela para que ela saiba o quanto ainda a ama. Se ela retribuir seu amor, eu lhe mostrarei minha compaixão. Posso até poupar-lhe a vida – Oberon concordou.

– Você lhe dará uma chance para se redimir?

– Farei isso, minha fadinha, tem a minha palavra. Mas temo que ela a desapontará uma vez mais.

Capítulo XIX

Filha do desespero

Babá e Tulipa retornaram ao castelo e se juntaram a Popinjay na sala matinal. Babá parecia doente de preocupação, e Tulipa sentia o coração apertado ao vê-la em tal estado. Tulipa queria tomá-la nos braços e cobrir seu rosto de beijos, mas temia que, caso agisse assim, Babá cairia em prantos.

— Por favor, não se preocupe, Babá. Oberon prometeu dar uma chance a Malévola. Não creio que ele a ferirá.

Babá não respondeu; apenas ficou fitando o vazio, perdida em seus pensamentos.

— Babá, você está bem? Espere, deixe-me pedir um pouco de chá. — Enquanto Tulipa tocava a campainha, uma explosão de luz verde se instaurou na lareira. Tulipa foi lançada para trás ao longo da sala e aterrissou aos pés de Babá. A sala ficou tomada pela luz verde e pelo fogo. Enquanto Popinjay ajudava Tulipa a se levantar, Malévola saiu da lareira e ficou diante deles, alta e imponente, com chamas esverdeadas estendendo-se ao redor de si como uma aura maligna.

– Malévola! – Babá exclamou.

– Ora, ora, isto não é fantástico? Uma reuniãozinha, pequena, mas muito mais distinta do que eu teria imaginado. Lamento ter perdido a cerimônia para a *grande* Rainha do Mar, mas eu a assisti através dos olhos dos meus corvos. Foi muito... *emocionante* – Malévola escarneceu.

Sua voz soou inconfundível para Babá. Mais velha, com certeza, mas ainda era a voz da filha. Malévola estava linda, como sempre. Suas longas vestes negras, com detalhes em roxo, e suas feições pontiagudas combinavam com sua personalidade formidável. Havia uma confiança em Malévola que Babá não vira em sua protegida mais nova, e a fada crescida emanava uma aura de poder e de majestade. Ela era provavelmente a mulher mais estonteante que Babá já vira. *Mas seus chifres! Seus belos chifres estavam cobertos por panos...*

– Malévola – Babá disse de novo. Para Tulipa, parecia que Babá estava diminuída e de coração partido. Parecia pálida e apequenada em comparação à tempestade violenta de uma fada.

– Bem-vinda à minha Corte, Malévola – Tulipa começou, tentando dar um minuto a Babá para se recompor.

– Tulipa, não é? Sim, isso mesmo. Tulipa. Lamento saber a respeito de sua mãe. Ainda que não possa aceitar os créditos pelo feitiço de sono dela. Isso foi obra das fadas boas. – Malévola ficou olhando para Tulipa por um tempo, avaliando-a, esbaldando-se com sua beleza. – Sempre considerei muito surpreendente o quanto você e Aurora se parecem, considerando-se...

– Malévola, por que está aqui? – Babá perguntou, reencontrando a voz depois de ouvir Malévola se dirigir com tanta petulância para Tulipa.

– Ora, ora, para dar adeus à grande Bruxa do Mar, claro. Para lhe mostrar o respeito que ela *merece* – Malévola sorriu com malícia.

– Você nunca amou Úrsula. Por que está aqui, de verdade, Malévola? – Babá perguntou.

– Você pode agradecer às fadas boas pela minha visita – Malévola respondeu. – Eu não teria vindo de maneira alguma se elas não tivessem intervido na minha maldição. Mas agora que o fizeram, agora que existe uma possibilidade de a princesa adormecida despertar, preciso de ajuda. Não veem? O Príncipe Felipe está apaixonado pela garota. Não posso permitir que ele a desperte. Você até poderia pensar que as fadas teriam planejado algo mais criativo. Praticamente toda princesa em perigo foi salva pelo Beijo do Amor Verdadeiro! Pelo amor de Deus, juntando-se bruxas e fadas não conseguimos pensar em alguma coisa mais original? Estou farta disso. Por que uma jovem precisa de um homem para salvá-la? Por que uma princesa não pode lutar pela própria vida, romper sua própria maldição? Por que tem sempre que ser um príncipe? Por Hades, quero matar o Príncipe Felipe só por princípio, só para não termos mais um príncipe beijando uma garota adormecida e indefesa, fazendo com que ela sinta que deve se casar com ele por gratidão.

Popinjay pigarreou.

— Eu não desejaria que Tulipa se casasse comigo só porque a salvei... Não que ela precise ser salva por mim ou por qualquer outra pessoa.

— Ora, ora, se você não é um homem moderno nestes tempos? — Malévola zombou do jovem príncipe. — Mas, se bem me lembro, foram Úrsula e Circe que salvaram Tulipa, e não você.

— Ela salvou a si mesma — Popinjay retrucou. Estufou o peito para tentar se fazer maior e mais imponente.

Malévola gargalhou.

— Se por "salvou a si mesma" você quer dizer pular de um precipício na tentativa de tirar a própria vida por conta de um coração partido, só para acabar sendo salva por bruxas, então você está correto. Apesar de que devo dizer que a história dela é mais original do que a da maioria. Isso eu assumo.

Tulipa odiou ouvir Malévola falar com Popinjay dessa maneira. Ficou imaginando se a Fada das Trevas chegara a notar que os Senhores das Árvores estavam do lado de fora da sala matinal. Sentiu orgulho, sabendo que estavam ali para protegê-la daquela fada horrível. Tulipa tentou imaginar a Fada das Trevas diante dela quando era uma garotinha, indefesa e temerosa, mas não conseguiu. Essa mulher não parecia temer nada. Sua autoconfiança era assustadora. Ela, de fato, não parecia ter um grama de medo no coração.

— Por que, de fato, está aqui, Malévola? — Babá voltou a repetir.

— As irmãs esquisitas supostamente deveriam me ajudar com algo importante. Por mais atrapalhadas e desmioladas que fossem, eram as únicas pessoas que restavam neste reino nas quais eu podia confiar. Agora me vejo forçada a pedir ajuda à pessoa em quem menos confio — Malévola respondeu.

— Você devia saber que as irmãs esquisitas estão adormecidas! E mesmo assim veio, e nem soube quem estaria aqui para recebê-la! — Babá disse.

— Senti uma força poderosa — a sua e de mais alguém. Uma bruxa poderosa que não parece estar mais na sua companhia.

— Está se referindo a Circe.

Malévola pausou para refletir por um instante.

— Ah, Circe. Eu deveria saber que se tratava da irmã caçula das irmãs esquisitas. Claro. Tudo faz sentido. Eu tinha que vir por conta da mínima probabilidade de vocês duas poderem me ajudar. Não tenho como romper o adendo à maldição sozinha. Preciso de três bruxas para quebrar o encanto da magia das fadas. Não veem? Mesmo que eu acabe com o Príncipe Felipe, ainda resta a possibilidade de outro jovem querer despertá-la do seu sono. Temos que manter Aurora no mundo dos sonhos. Não podemos permitir que ela desperte jamais!

— Não existe a mínima possibilidade de conseguir com que Circe a ajude — Babá observou. — Ela não é como as irmãs dela. Ela não fará mal a uma menina simplesmente porque você quer isso, e nem eu tampouco!

Malévola suspirou.

— O que será preciso para que você e Circe me ajudem a desfazer o feitiço das fadas boas? Terei que me prostrar de algum modo para que considerem a minha causa justa?

– Não responderei por Circe, Malévola – Babá protestou. – Ela conhece apenas parte da sua história. Ela deve saber de tudo, assim como eu, antes de considerarmos ajudá-la.

– Por onde começamos? – Malévola perguntou.

Babá pegou seu espelho mágico do bolso, mais agradecida do que nunca pelo fato de as irmãs esquisitas terem lhe dado o artefato há tantos anos.

– Mostre-me Circe! – ordenou.

O rosto preocupado de Circe apareceu no vidro espelhado.

– O que foi, Babá? Está tudo bem?

– Circe, Malévola está aqui, e ela gostaria de partilhar sua história conosco. Ela acredita que, se o fizer, estaremos dispostas a ajudá-la a desfazer o feitiço das fadas boas.

– Ela pode contar sua história, mas eu não farei mal a uma criança! – Circe respondeu.

– Não quero fazer-lhe mal. Quero protegê-la – Malévola insistiu.

– Então, conte a sua história, Malévola. Estou ansiosa em ouvir o que tem a dizer – Circe disse.

– Creio que Babá pode contar esta parte melhor – sugeriu Malévola, surpreendendo Babá pelo uso do seu nome pela primeira vez desde a sua chegada.

Babá suspirou. Não poderia mais postergar lembrar-se das recordações sofridas da filha.

– Tulipa, querida, pode, por favor, chamar Violeta para que ela traga aquele chá? Isto vai levar algum tempo.

Capítulo XX

O aniversário da Fada das Trevas

Na manhã do exame das fadas, Malévola acordou e descobriu que Diaval ainda não havia retornado para casa. Não estava em seu poleiro à espera da tutora, como ela tivera esperanças. A menina tentou banir quaisquer pensamentos negativos que atormentavam sua mente. Precisava se concentrar no exame, mas viu-se distraída. Malévola estava convencida de que algo de terrível acontecera com Diaval.

Chamou um dos seus corvos prediletos.

– Opala, minha querida, você poderia ver se consegue encontrar Diaval? Estou preocupada com ele.

Opala crocitou suavemente e voou pela janela. Malévola observou-a enquanto a ave circundava as Terras das Fadas. Sabia que, se havia alguém que poderia encontrar Diaval, esse alguém seria Opala. Por um breve instante, ela conseguiu ver o que Opala via enquanto se dirigia para a floresta densa. Malévola acabara percebendo que sua afeição por Opala lhe permitia enxergar através dos olhos dela. Contudo, ainda precisava praticar para ver através dos olhos dos seus bichinhos, em vez de apenas ter vislumbres, como acontecia agora. Observou ao redor, bocejando. Sentiu-se um pouco melhor ao saber que Opala estava em busca de Diaval. E adorava acordar na sua casa da árvore. A vista das Terras das Fadas era linda dali de cima, e ela imaginou como seria passar a vida naquela altura. Talvez um dia soubesse.

— Malévola! Desça e venha tomar o seu café da manhã. Vai acabar se atrasando para o exame! — Babá chamou da soleira da porta, assustando a menina.

— Há quanto tempo está parada aí? — Malévola perguntou.

Babá lhe lançou um sorriso triste.

— Tempo suficiente para saber que Diaval não voltou para casa. Não se preocupe, minha doçura. Ele está bem. Consigo senti-lo no mundo. Estou certa de que Opala o encontrará. Confie em mim.

Malévola e Babá foram para a cozinha. Babá ficara acordada a noite toda, assando diversos doces, que dispusera com graciosidade em pratinhos decorados com flores.

— Teremos convidados para o café da manhã também? — Malévola disse.

Babá levantou o olhar do bule de chá que preparava.

— O quê? Não! Por que pergunta isso?

— Preparou coisas demais! — Os olhos amarelos de Malévola estavam arregalados, mas contentes. Os cabelos longos e escuros estavam desgrenhados, como sempre acontecia quando acabava de acordar, e Babá achou seus chifres lindos. Pareciam finalmente ter parado de crescer no ano anterior e eram de um tom cinza escuro adorável, que combinava com os olhos amarelos. E Babá notara que a pele de Malévola estava num tom claro de lavanda. Isso significava que ou ela estava feliz ou preocupada. Talvez um pouco dos dois. Babá percebera há anos que a cor da pele da filha mudava de acordo com o seu humor. Pelo menos hoje ela não estava verde, o que indicaria que ela estaria ou brava ou muito triste. Verde era uma cor que Babá não via em Malévola há algum tempo. Piscou algumas vezes, absorvendo a beleza da filha, antes de se dar conta de que Malévola aguardava uma resposta.

— Ah, bem, você sabe que vou para a cozinha quando estou nervosa. Agora coma alguma coisa antes de ter que se preparar para o exame.

Babá de fato estava mais nervosa do que Malévola. Não só a mesa estava repleta de docinhos e de bolinhos lindamente decorados, mas ela também preparara uma seleção de geleias e um creme de limão siciliano. Estes estavam ao lado de uma tigela de frutas frescas.

— Nada na mesa lhe apetece? Gostaria que eu lhe preparasse um mingau?

— Não, Babá, estou bem assim. Tudo parece maravilhoso. Sente-se e coma comigo. — Malévola apontou para a cadeira ao seu lado.

Babá sacudiu a cabeça.

— Não posso, querida! Não tenho tempo! Agora coma!

Malévola apanhou um enorme croissant de gotas de chocolate e partiu um pedaço, depois o cobriu de creme.

— Experimente a geleia de frutas com canela, minha querida, e a manteiga de xarope de bordo. Preparei estes especialmente para você – Babá insistiu. Malévola pretendera experimentá-los, a manteiga de bordo era sua preferida. – Pensei mesmo que fosse gostar, minha querida. Agora se apresse e termine! Melhor se preparar logo!

Babá parou com o espalhafato por um instante e olhou para a filha.

– Minha querida! Quase me esqueci! Abra o embrulho que está sobre a mesa. É um presente de aniversário.

Malévola sorriu ao rasgar o papel. Dentro do pacote havia um lindo manto preto com bainha prateada e bordada com corvos e gralhas prateadas. Nunca vira nada mais belo.

– Obrigada, Babá! – Malévola voou para os braços da mãe e a beijou na bochecha.

– Minha querida, você tem noção de quanto é bonita? – Babá perguntou. As faces pálidas de Malévola enrubesceram, por isso Babá mudou de assunto. – Sei que se sairá muito bem hoje. Simplesmente sei. E se perdoar a minha sugestão... sabe que a amo exatamente como é... mas é que...

Malévola deteve Babá antes que ela conseguisse prosseguir.

– Eu já havia planejado cobrir meus chifres.

– Não por mim, veja bem. Mas só para que minha irmã não encontre motivos para prejudicá-la.

– Sei disso.

Babá deu um tapinha no rosto de Malévola e depois um beijo suave.

– Você sabe que acho seus chifres lindos.

– Sei. – Malévola deu um sorriso radiante para a mãe, retribuindo o beijo. – Obrigada, mãe.

Capítulo XXI

Exame das Fadas

Todos estavam reunidos para o exame no jardim principal, que por acaso era um dos lugares prediletos de Babá nas Terras das Fadas. A estátua na fonte fora feita à imagem de um velho amigo dela, o Rei Oberon – uma árvore grossa e imponente com um rosto sábio. A água cascateava dos galhos amplos da estátua, imitando a chuva. Babá olhou para a filha com orgulho enquanto ela permanecia parada debaixo da estátua altaneira, à espera do início da prova. Ela estava majestosa em seu manto novo. Malévola cobrira os chifres com fitas prateadas que Babá lhe dera, e que combinavam com os corvos bordados no manto. Babá pensou que Malévola parecia quase adulta, e seu coração se inflou de orgulho em ver que jovem inteligente e adorável a filha se tornara. Nunca imaginara que Malévola fosse querer fazer o exame das fadas. Mesmo que a irmã não a escolhesse para conceder desejos, pelo menos Malévola fora corajosa o bastante para fazer o exame com as outras alunas depois de tudo o que elas a submeteram quando eram mais novas.

Primavera estava dando ordens a Fauna e a Flora, como de costume. Instruía-as quanto à importância de as três passarem juntas enquanto aguardavam que o exame começasse.

— Ah, Malévola, o que faz aqui? — perguntou Primavera com o nariz enrugado como se estivesse sentindo o cheiro de putrefação.

— Vim fazer o exame, claro — Malévola respondeu, fingindo que Primavera e as outras fadas ao seu lado não estavam fazendo caretas na sua direção. Malévola perscrutou ao redor, imaginando o motivo de o resto da classe estar de lado.

Flora seguiu o olhar de Malévola.

— Ah, elas não irão prestar o exame. Só estão aqui para nos assistir.

Malévola franziu a testa.

— Mas por quê?

— Porque sabem que não têm a mínima chance já que *nós* estamos fazendo o exame este ano — Primavera disse enquanto Fauna e Flora davam risadinhas.

Malévola sacudiu a cabeça. Ao que tudo levava a crer, o tempo não mudara as três. Eram as mesmas tolas arrogantes e orgulhosas de sempre.

— Mesmo se não receberem o privilégio da Concessão de Desejos, por certo elas irão querer o certificado de conclusão de curso, não? — Malévola comentou.

— De que serve um certificado se você não poderá exercer a mais honrada das tarefas das fadas? — disse Fauna, causando riso nas três fadas.

Nesse instante, a Fada Madrinha pigarreou para chamar a atenção de todos. Estava diante da fonte para se dirigir ao grupo. Trajava o costumeiro manto azul com uma ampla faixa cor-de-rosa. Atrás dela havia lindas cerejeiras em flor, com suas pétalas suaves caindo ao redor dela e das alunas.

— Venho aqui hoje sob a sombra do Grande Oberon, Rei das Fadas. Ele foi nosso grande benfeitor e protetor por muitos anos, até achar por bem passar para a obscuridade, deixando a mim e à minha irmã a tarefa e o privilégio de dar continuidade à educação das fadas.

Malévola casquinhou internamente. Na verdade, Oberon deixara essa honraria somente a Babá, mas ela decidira dividi--la com a irmã.

— E é meu privilégio mais uma vez escolher as três alunas que se aventurarão nos muitos reinos para espalhar a magia das fadas a fim de ajudar seus afilhados, homens e mulheres jovens necessitados do nosso tipo especial de magia. Quando eu era uma jovem fada à espera do exame, meu coração farfalhava ao pensar em ter os sonhos das pessoas nas mãos. Essa é uma grande responsabilidade, e uma honra que não pode ser conduzida levianamente. Somente as melhores de nós recebem esse status, aquelas de nós que são de fato boas em magia e boas de coração.

Malévola sentiu um peso no coração quando a Fada Madrinha pronunciou essas últimas palavras. *Boas de coração.*

— Claro, existem outras vocações honradas e importantes para as fadas que não recebem esta honraria. Vocês usarão tudo o que aprenderam aqui com seus professores nesta venerável e prestigiosa Academia em quaisquer caminhos que seguirem. – A Fada Madrinha fez uma pausa, sorrindo para as alunas.

– E, com isso, que o exame tenha início. Cada uma de vocês receberá um jovem protegido que precisará da sua ajuda. Ele ou ela lhes apresentará seu problema, e será sua missão descobrir o melhor modo de ajudar. Precisarão escolher o tipo de magia mais adequado às necessidades da situação. Lembrem-se, mesmo isto sendo apenas um exercício e os jovens homens ou mulheres atuando como protegidos só estarem aqui para auxiliar no exame, a sua magia ainda assim será válida. Portanto, por favor, façam uso de cautela e o que quer que venham a fazer, evitem usar magia danosa.

A Fada Madrinha olhava diretamente para Malévola quando ela disse *magia danosa*. Ela bem podia ter concluído a frase com "Malévola".

Babá e a Fada Madrinha criaram uma série de caminhos, cada um seguindo numa direção diferente. Fauna e Flora fizeram uma careta ante a ideia de terem que seguir caminhos separadas, sem a amiga Primavera para ajudá-las.

– Fada Madrinha, não podemos fazer o exame juntas? – Flora perguntou. – Nós três, Fauna, Primavera e eu?

A Fada Madrinha pensou a respeito por um momento.

– Isso não é costume, mas não vejo qual seria o problema. Babá objetou.

– Se Flora, Fauna e Primavera fizerem o exame juntas, então serão contabilizadas como apenas uma fada. Caso atinjam o nível de concessoras de desejos, isso lhes será conferido como um grupo. Portanto, duas outras fadas deveriam ser selecionadas também.

— Bem, não tenho certeza... — A voz da Fada Madrinha se perdeu. Mas uma fada loira acanhada num vestido azul reluzente disse:

— Então eu gostaria de fazer o exame — a fada disse baixinho.

Malévola sorriu para a fada em azul.

— Então faça! Venha para o meu lado. — Olhou para as demais alunas que estiveram ali apenas para assistir. — Todas as que desejam fazer o exame deveriam tentar. Não deixem que essas tolas as intimidem.

Lentamente, muitas outras fadas deram um passo à frente. Primavera, Fauna e Flora olharam ao redor com nervosismo para o grupo numeroso que resolvera competir contra elas. Observando as fadas, Malévola teve que rir.

— Por que está rindo? — retalhou Flora.

— Psiu! Flora, não fale com essa criatura! Ela não rirá quando reprovar no exame — disse Fauna.

Malévola a ignorou, mas a Fada Azul lançou um olhar vexatório para Fauna.

— Fauna, deixe-a em paz! — Segurou a mão de Malévola e a afastou do trio. — Não se preocupe com elas, Malévola. Só estão nervosas com a possibilidade de você se sair melhor do que elas. Você sempre foi uma excelente aluna.

Malévola não conseguia deixar de olhar para a Fada Azul. A pele dela era radiante. E o brilho parecia vir de dentro, como se a bondade dela fosse grande demais para ser contida.

— Eu queria que você tivesse continuado na escola. Espero que saiba que nem todas de nós a odiavam — a fada continuou.

Malévola sorriu e apertou a mão da Fada Azul enquanto as duas observavam Fada Madrinha e Babá criarem mais caminhos para as alunas seguirem. Por fim, a Fada Madrinha deu início ao exame.

— Escolham o caminho que as chamarem — aconselhou. — Vocês só terão sua inteligência e sua magia para guiá-las. Boa sorte, minhas queridas! Comecem!

Capítulo XXII

A vingança da Fada das Trevas

Inspirando fundo, Malévola olhou para trás, na direção de Babá, que lhe lançou um dos seus sorrisos magníficos e formou as palavras *eu te amo, filha* apenas com os lábios. Com um último aceno para a mãe, Malévola se virou e avançou pelo caminho que sentia ser o seu. Logo se viu em um mundo que em nada se parecia com as Terras das Fadas.

Malévola estava junto a um pequeno poço sob a sombra de um lindo castelo com muitas torres. Os telhados do castelo se assemelhavam a chapéus vermelhos de bruxas, e as terras circundantes eram verdejantes e cercadas por florestas. Parecia haver todo tipo de criatura que se encontra nas florestas fazendo travessuras por ali, tornando o cenário ainda mais pitoresco do que seria na realidade. Sentada na beirada do poço, chutando os pés, estava uma menininha de cabelos negros e de laço vermelho. Ela era lindinha, com sua pele muito clara e as maçãs do rosto coradas.

Ela estava chorando.

— Qual o seu problema, minha querida? — Malévola perguntou. A menina ergueu o olhar e arquejou. — Psiu, não estou aqui para machucá-la — Malévola a assegurou. — Qual o seu nome?

A menininha olhou para Malévola, assustada, mas conseguiu dizer:

— Meu nome é Branca de Neve.

— Branca, não tenha medo de mim. Estou aqui para ajudá-la. O que aconteceu, por que está chorando?

— É a minha mãe. Ela não quer comer nem beber, e passa os dias falando com alguém que não está lá. Ela está muito triste desde que meu pai morreu... e...

— Conte-me, por favor — Malévola disse, incentivando-a a falar.

— Estou com medo dela. Ela mudou desde que papai morreu. Tenho medo de que ela me mate.

— Onde está a sua mãe agora? — Malévola perguntou.

— Ela passa o dia inteiro no quarto dela — Branca respondeu. — Acho que ela pode estar enlouquecendo. Eu a ouço conversando sem parar com alguém que não está lá. Às vezes eu a ouço gritando para alguma coisa.

Malévola ficou preocupada.

— Ninguém averiguou isso? Ela está sendo atormentada por alguém ou por alguma coisa? Alguém foi lá para animá-la? Para ajudá-la a superar a dor da perda?

— Ninguém, a não ser as primas do meu pai. Mas ela as expulsou há muito tempo, junto com sua melhor amiga, Verona. Sinto que ela está muito sozinha — Branca respondeu, enxugando as lágrimas do rosto.

Malévola não entendia como a menina conseguia deixar a pobre mãe enlutada sozinha para definhar e sofrer, mas ainda assim permanecer doce e compreensível.

— Fique aqui, minha querida. Irei ver a sua mãe.

Assim que Malévola entrou no castelo, sentiu o desespero pesando no ar. A casa estava amaldiçoada pela tristeza e algo muito pior, sinistro e desalentador. Ao galgar os degraus até os aposentos da rainha, ouviu a voz de uma mulher. *Há quanto tempo esta mulher está sozinha, desvairando como uma lunática? E com quem ela está falando?* Malévola sussurrou um feitiço que a possibilitava ver através da parede. O efeito era muito semelhante à criação de uma janela. Ela enxergava quem estava do lado oposto, mas os outros não tinham ciência de estarem sendo observados.

Parada no meio do cômodo estava a bela rainha, soluçando de desespero enquanto gritava para a imagem de um homem no espelho.

— Ordeno que me diga a verdade! — guinchou em meio às lágrimas.

Uma voz horrenda e maligna emanou do homem no espelho. Seu rosto era cruel e retorcido pelo ódio.

— Você matou sua mãe no dia em que nasceu, e seu rosto me lembra do dela.

— É por isso que me despreza? — A rainha chorava tão copiosamente que mal conseguia respirar.

— Eu gostaria que você tivesse morrido naquele dia, e não ela! — estrepitou o homem no espelho.

Malévola estava horrorizada. O homem era o fantasma do pai da rainha, e a atormentava do além-túmulo. Ela não tinha ninguém para defendê-la dele, que a estava enlouquecendo lentamente.

— Se eu conseguisse sair deste espelho para matá-la eu mesmo, é o que eu faria! Você é feia e vil e seu coração é desalumiado como a noite. Você me enoja. — A rainha chorou ainda mais enquanto o homem no espelho prosseguia. — Sua filha, Branca de Neve, é a mais bela de todas. Eu jamais serei capaz de amar você e de considerá-la bela enquanto ela viver. — A rainha ergueu o olhar para o pai com olhos inchados e marejados de lágrimas. Malévola acreditou que a rainha devia estar enfeitiçada ou sob algum tipo de maldição, porque não era possível imaginar nenhum motivo para ela almejar a aprovação daquele homem horrível, ou para que desejasse o amor ou a aprovação de sua beleza por parte daquela criatura. Malévola ficou mal com isso.

— Você me amará se eu matar Branca de Neve? — a rainha perguntou, com um sorriso perverso nos lábios.

— Sim, minha filha. Isso me agradaria. Isso me faria amá-la mais.

Malévola já ouvira o bastante. Branca de Neve tinha razão em estar com medo. Algo tinha de ser feito. Malévola abriu a porta, sobressaltando a rainha, que se virou, pronta para lutar. Malévola levantou a mão, usando sua magia para fazer a rainha voar até a parede de espelhos do lado oposto do quarto. Uma força invisível impediu a rainha de falar ou de se mover. A Rainha Má tentava gritar, mas nenhum som saía dos seus lábios.

— Você é um monstro por tratar sua filha com tamanha crueldade! — A Rainha Má ficou chocada ao ver que Malévola não se dirigia a ela, mas falava com o reflexo de seu pai no espelho. – Eu o condeno ao Hades, onde é o lugar de todas as coisas desprezíveis e malvadas. Eu o bano deste espelho e desta casa, para nunca mais retornar! – Malévola exclamou.

O espelho se estilhaçou num estampido explosivo que reverberou por todo o castelo. Ela ouviu o grito de Branca de Neve vindo do jardim. A jovem princesa correu para dentro do castelo e subiu até o quarto da mãe, onde encontrou a rainha chorando nos braços de Malévola.

Antes que Malévola conseguisse contar a Branca de Neve que ela e a mãe estavam a salvo, tudo ao seu redor derreteu. Foi uma sensação estranha ver o castelo da rainha desaparecer lentamente ao mesmo tempo em que o jardim das Terras das Fadas aparecia. O jardim estava tomado de fadas com expressões ansiosas à espera do retorno das alunas do seu exame. Malévola queria desesperadamente ficar com a rainha e com Branca de Neve. Queria se certificar de que elas estavam bem. Queria confortar Branca de Neve, assegurá-la de que a rainha se recuperaria. Por certo não seria isso o que aconteceria, caso ela se tornasse uma fada concessora de desejos? Esperava poder ter mais tempo com seus protegidos.

Malévola piscou algumas vezes, ajustando-se ao seu novo ambiente. Devia ser a primeira a concluir o exame, porque não via nenhuma das outras alunas. Permaneceu parada ali, procurando não se remexer. Estava incerta quanto à sua próxima ação até Babá se apressar para lhe dar um abraço apertado.

– Você se saiu maravilhosamente bem, minha querida! Simplesmente brilhante! Estou tão orgulhosa de você!

A Fada Madrinha pigarreou.

— Guardemos os comentários até que todas tenham terminado. Não faz sentido que ela tenha esperanças desnecessariamente.

Babá lançou um olhar desprezível para a irmã.

— O que quer dizer com isso? Ela se saiu muito bem.

A Fada Madrinha meneou a cabeça.

— Claro que você pensaria assim, mas eu creio que ela deveria ter lidado com a situação de maneira diferente.

— O que eu deveria ter feito diferente? Salvei a rainha — Malévola retrucou. Mas a Fada Madrinha não lhe respondeu.

Bem nessa hora, a Fada Azul apareceu ao lado de Malévola.

— Como se saiu? — Malévola perguntou.

A Fada Azul parecia preocupada por não ter se saído bem, mas Malévola tinha a sensação de que ela havia desempenhado um excelente exame. Logo, todas as fadas, exceto Fauna, Flora e Primavera apareceram. A Fada Madrinha se recusava a dar os resultados antes de seu retorno.

— Fico pensando se elas estão bem... Não seria bom alguém ir atrás delas? — Malévola perguntou.

— E você bem que gostaria disso, não? Para que se desclassifiquem? — a Fada Madrinha a repreendeu.

Malévola ficou surpresa. Era verdade que não gostava das três fadas, mas não queria que fossem desclassificadas.

— O que quer dizer?

Babá pôs um braço ao redor dos ombros de Malévola.

— Se um instrutor tiver que entrar na história, a fada será desclassificada.

– Nenhuma outra aluna pode ajudar? E se estiverem em apuros? – Malévola insistiu.

A Fada Madrinha olhou para ela com suspeita, mas pareceu considerar a possibilidade quando as três fadas apareceram.

– Oh, meu Deus! Finalmente! Que horrível! Não consigo acreditar que saímos ilesas! – Primavera disse com dramaticidade. Fauna e Flora pareciam acometidas por alguma indisposição. Malévola ficou imaginando o que enfrentaram no cenário delas.

– Vocês estão bem? – perguntou-lhes, mas as fadas não lhe agradeceram pela sua preocupação.

– É culpa sua! Você nos atacou! – Primavera acusou.

Malévola estava chocada.

– Não entendo. Do que estão falando?

– Você sabe exatamente do que estamos falando, Malévola! – Primavera exclamou.

– Você tentou nos sabotar, Malévola! – Flora berrou.

– Não fiz nada disso! – Malévola olhou para Babá, confusa. – Juro que não faço ideia do que elas estão falando.

Primavera apontou o dedo acusatório para Malévola.

– Você sabe o que fez! Você nos atacou, tentando proteger seus pássaros malignos.

Babá nunca vira os exames terminarem em tal caos, mas sabia que sua filha não tinha nada a ver com isso.

– A Fada Madrinha e eu averiguaremos a história de vocês, e desvendaremos o que aconteceu – redarguiu Babá.

— Não creio que Aquela das Lendas deva ajudar a decidir, mesmo ela sendo a diretora! — Primavera insistiu. — Ela é a mãe adotiva de Malévola. Não será objetiva.

Babá olhou para Primavera, perguntando-se onde haviam errado com aquela menina. Como permitira que essas três fadas acabassem tão mesquinhas? Passara tanto tempo tentando incentivar Malévola que negligenciara essas outras três, deixando-as a cargo da irmã? Subitamente se sentiu responsável por aquelas fadas e se questionou por que não havia disposto de um tempo para guiá-las e colocá-las no caminho do bem, o qual ela acreditava que deveria ser o destino delas. Vasculhou seu íntimo através do tempo para ver como as três acabariam. A despeito de sua mesquinharia, ela via bondade, gentileza e corações puros. Haveria disputas, e talvez um pouco de intimidação por parte de Primavera, mas ela a via incentivando as outras porque elas necessitavam de orientação. Ela viu que haveria uma criança a qual amariam profundamente, uma criança carente de proteção. Suspirou aliviada, sabendo que não fracassara por completo para com elas. Todavia, isso não mudava quem elas eram hoje — três garotas mesquinhas lançando insultos a ela e à sua filha.

— Meninas, por favor! Não decidirei quem passará e quem reprovará. Mas imagino que ficariam bem contentes caso eu fizesse isso. Vejo uma tarefa importante para vocês no futuro, uma tarefa que não serão capazes de executar sem o status de concessoras de desejos — Babá explicou.

As três fadas olharam umas para as outras em descrença.

— E prometo que averiguaremos essa questão de Malévola atacá-las — Babá concluiu.

A Fada Madrinha pigarreou. Não gostava que sua irmã assumisse o controle, por isso tomou o assunto em suas mãos.

– Sugiro que todos voltem para suas casas e tomem um pouco de chá. Entrevistaremos os protegidos e decidiremos quem receberá o prêmio. Faremos o anúncio ainda hoje, mais tarde. Prometemos chegar a uma conclusão o mais rápido que pudermos.

Malévola olhou para a mãe com preocupação, a pele se tornando ligeiramente arroxeada.

– Minha querida, não se inquiete. Vá para casa. As irmãs esquisitas estarão à sua espera – Babá lhe disse.

Malévola beijou a mãe no rosto e fez conforme lhe foi pedido. Seguiu as outras alunas que saíam do jardim para ir para casa esperar o resultado do exame.

A Fada Madrinha logo começou a trabalhar. Com uma varinha, criou uma mesinha redonda com uma toalha rosa escuro que combinava com as cerejeiras em flor de trás. Também criou duas cadeiras brancas com almofadas rosa para combinar.

– Sente-se, irmã, sente-se!

E com mais um floreio da varinha, um bule, xícaras com pires e pratinhos, tudo num tom claro de rosa com bordas prateadas, surgiram sobre a mesa.

– Tome um pouco de chá, irmã, antes que esfrie. Ah! Quase me esqueci! – Com mais uma mexida na varinha, pequenos bolinhos brancos decorados com florezinhas rosa se acomodaram sobre os pratos. – Pronto! Agora está tudo perfeito. – Babá riu consigo, mas deixou que a irmã continuasse a falar. – Discutiremos cada aluna pela ordem com que concluíram o exame. Isso lhe parece justo?

Babá assentiu, permitindo que a irmã começasse a falar.

– Tenho certeza de que Malévola se saiu muitíssimo mal. Ela falhou ao não perceber que sua protegida era, na verdade, Branca de Neve, e não a Rainha Má.

Babá caçoou disso.

– Então o que supõe que Malévola deveria ter feito? Deixar que a rainha definhasse em tormento e tentasse matar a própria filha? Não houve nenhuma fada, nenhum feiticeiro para ajudar Branca de Neve. Não havia nenhum outro papel para Malévola desempenhar neste cenário a não ser destruir o homem do espelho! Ela salvou a rainha *e* a princesa! Você não tem como negar isto!

A Fada Madrinha sacudiu a cabeça furiosamente durante todo o tempo em que a irmã falou. Babá sentiu a raiva crescer dentro dela.

– Sabe tão bem quanto eu que as três fadas escolhidas seriam Malévola, a Fada Azul e as suas três favoritas: Fauna, Flora e Primavera. Temos mesmo que ficar aqui sentadas debatendo isto durante todo o dia?

Bem nessa hora, as três irmãs esquisitas apareceram voando no jardim, gritando a plenos pulmões como harpias selvagens. Ruby segurava a mão de uma menina loira. A garotinha parecia constituída apenas de detalhes prateados e dourados, brilhando como uma estrela. Chorava tão forte que tremia.

– Onde estão aquelas monstrinhas? Onde estão Primavera e suas amigas? – Ruby guinchou.

Malévola correu para o jardim, chegando logo atrás delas.

– Onde estão meus pássaros? Onde está a minha árvore dos corvos?

A menininha loira continuou a soluçar.

– Malévola! Você está assustando a jovem. Pare com esses gritos de uma vez! – ralhou a Fada Madrinha.

Lucinda a encarou.

– Foram as suas fadas que fizeram Circe chorar! Não Malévola! Primavera a atacou!

Babá se aproximou de Circe e das irmãs esquisitas.

– Circe, o que aconteceu? Primavera a atacou?

– Todas as três me atacaram, mas acho que a culpa foi minha – ela soluçou.

– O que aconteceu? – Babá lhe perguntou em seu tom mais suave, desejando acalmar não só Circe, mas também as irmãs esquisitas e Malévola, que pareciam igualmente ultrajadas.

– Quando as três fadas apareceram em seu caminho, eu vi seus corações. Vi que tinham um segredo terrível. Pegaram o corvo de Malévola, Diaval, e o esconderam de modo que ela se preocupasse e se inquietasse com ele. Queriam que Malévola estivesse distraída no exame de hoje. Não achei que isso fosse justo, por isso assumi a forma de Malévola para ver se elas me ajudariam a encontrar o pássaro. Mas não importava o quanto eu implorasse, elas se recusaram a sequer olhar para mim. – Circe chorava tão alto que agora nem conseguia completar a história.

– Como foi que Primavera soube que Malévola faria o exame hoje? – Babá perguntou, lançando um olhar raivoso para a irmã. – Você lhes contou?

A Fada Madrinha não conseguiu sustentar o olhar da irmã.

– Eu posso ter dito algo a Primavera depois da discussão que você e eu tivemos na sua cozinha. – Babá estava furiosa, mas a Fada Madrinha continuou a falar. – Mas eu não tive nada a ver com *isto*!

– Parem com essa discussão monótona e deixem que nossa irmã termine a sua história! – guinchou Martha.

– Conte o que aconteceu em seguida, meu bem – Ruby disse de modo encorajador, segurando a mão de Circe entre as suas.

– Eu... eu... resolvi aparecer mais à frente no caminho. Eu estava no meio de uma linda floresta, parada debaixo da maior das árvores dali. Ainda estava disfarçada de Malévola, chorando porque não conseguia encontrar Diaval e Opala. As fadas não perceberam que eu não era a Malévola de verdade. Começaram a gritar comigo, acusando-me de tentar arruinar o exame delas. Lançaram centelhas prateadas sobre mim, o que fez a árvore dos corvos se incendiar. – Circe chorou ainda mais. – Eu não sabia! Não sabia que os pássaros estavam naquela árvore. Não sabia que as fadas os tinham escondido de Malévola ali. Pensei que tudo ali fosse de mentirinha!

– E onde estão os pássaros de Malévola agora? – Babá perguntou sentindo o coração tomado de medo.

Circe se deixou cair numa poça de lágrimas.

— Eu sinto muito! Não quis colocar os pássaros de Malévola em perigo! Não percebi que as fadas tentariam nos machucar!

As irmãs esquisitas pegaram a irmãzinha nos braços e a seguraram com força enquanto ela chorava.

— Não é culpa sua, minha querida! Você não sabia. Malévola não a culpará. Não é culpa sua. Não é culpa sua!

— Onde estão os pássaros de Malévola? — Babá perguntou de novo, freneticamente perscrutando os rostos de todas à procura de respostas que elas não tinham. — Malévola, onde estão seus pássaros?

Malévola estava chorando.

— Eu não sei. A minha árvore dos corvos não está no nosso jardim.

Babá estava tentando permanecer calma.

— Circe, querida, tem certeza de que eram os verdadeiros Opala e Diaval que estavam com você naquela encenação?

Circe assentiu.

— Tenho!

Babá virou a varinha, chamando Primavera, Fauna e Flora. As três fadas ficaram surpresas por estarem diante de uma legião de bruxas enraivecidas.

— Onde estão Diaval e Opala? Onde estão os pássaros de Malévola? — Babá perguntou com severidade.

As três fadas pareciam assustadas e começaram a falar ao mesmo tempo.

— Não pretendíamos que se machucassem, eu juro! Não percebemos que nossa protegida se transformaria em Malévola e nos ameaçaria! Pensamos que ela fosse Malévola!

Pensamos que ela estivesse brava porque roubamos seus preciosos pássaros!

Malévola parou de chorar, o rosto assumindo um surpreendente tom de verde. Apenas encarou as fadas. Estava sinistramente silenciosa e fervendo de fúria. As fadas quase desejaram que ela lhes berrasse na cara. Seu silêncio era perturbador.

– Malévola, sinto muito! Jamais feriríamos seus pássaros de propósito – Flora choramingou.

Malévola estendeu os braços em silêncio, as mangas de seu manto se assemelhando às asas de uma gralha.

– *Onde estão meus pássaros?*

As três fadas arquejaram de medo.

– Não sabemos! É verdade! Nós juramos!

O rosto de Malévola se tornou pétreo e os olhos amarelos reluziram.

– *Mentirosas*! Onde estão os meus pássaros? Contem *agora*!

– Não! Não até que recue e renuncie ao seu direito de ser concessora de desejos! – Primavera exclamou. – Não permitiremos que macule o bom nome das fadas nesta terra ao espalhar sua imundície por todos os reinos!

– Já basta! – Babá berrou. – Conte-nos onde colocou os pássaros de Malévola ou eu mesma a punirei.

– Você não tocará nelas, irmã! – disse a Fada Madrinha, dando um passo à frente das fadas. – Quando desistirá dessa garota desgraçada? Quando enxergará que Malévola só lhe trará sofrimento e tristeza? Você viu isso na noite em que a acolheu em sua casa, quando olhou através do tempo neste mundo. Você viu tudo até o fim, mas insistiu em acolhê-la. Cuidou dela e a defendeu mesmo quando ela não mereceu!

— Do que ela está falando? — A raiva de Malévola estava se transformando em tristeza.

— Nada, meu bem, nada — Babá disse.

Malévola voltou a chorar.

— Do que ela está falando? O que você viu? Eu sou má? É por isso que fui abandonada?

— Sim! Você foi criada no *mal*, e fará o *mal* até o fim dos seus dias. Você destruirá *tudo* o que já amou! — urrou a Fada Madrinha.

— Não, Malévola, não dê ouvidos a ela. Isso não é verdade! — Babá insistiu.

As pontas dos dedos de Malévola começaram a formigar. A sensação terrível rapidamente se espalhou pelo restante do corpo, transformando-se numa queimação que vinha de dentro. Lembrou-se de ter se sentido dessa forma quando era mais nova, antes de aprender a se teletransportar até a casa da árvore, antes de aprender a controlar sua ira. Mas desta vez... desta vez foi diferente. Desta vez *ela* estava diferente.

— Malévola, *não*! — Babá guinchou.

Tudo no mundo de Malévola escureceu à medida que ela ficava insuportavelmente quente. Parecia que o calor ardente e incontrolável em seu interior a consumiria. Mas bem quando ela teve certeza de que o calor a faria explodir, sentiu-se expandir, ficando maior e mais imponente, como se seu corpo estivesse abrindo caminho para a raiva. O calor volumoso dentro dela estava criando espaço para a dor, para a mágoa, e a traição se instaurou ao ouvir que Babá previra que ela se tornaria malvada. Como ela conseguiu mentir durante todo esse tempo? Como conseguiu esconder a verdade dela? Aquela coisa medonha dentro dela agora se encolerizava como uma fera. Era como uma serpente faminta comendo suas entranhas, devorando-a. Gritou de dor, e seus urros se misturaram aos da mãe até que ela já não sabia mais diferenciar uns dos outros. Não suportou. Foi a coisa mais terrível que já havia vivenciado. Perdeu todos os sentidos sobre si mesma enquanto um fogo verde e ofuscante explodiu de dentro dela, destruindo tudo em seu caminho.

E ela só conseguia pensar que todos sempre estiveram certos.

Ela *era* má.

Capítulo XXIII

O arrependimento de Babá

O ambiente estava sinistramente silencioso. Havia lágrimas nos olhos de todos, exceto nos de Malévola. Depois de um momento, ela quebrou o silêncio.

– Mas você não morreu. Nenhuma de vocês. Pensei que havia matado minha mãe e todos a quem conhecia. Só descobri mais tarde que vocês haviam sobrevivido.

– Se não fosse pelas irmãs esquisitas terem nos feito desaparecer de lá, nós *teríamos* morrido – Babá disse com suavidade.

– Imagino que elas soubessem que o que aconteceu fosse uma possibilidade. Imagino que todas vocês soubessem. Tudo o que as irmãs esquisitas disseram na noite anterior ao meu aniversário sobre as estrelas não se alinhando fez sentido depois daquilo. Cumpri meu destino naquele dia.

– Sim, sabíamos que *algo* desastroso poderia acontecer...

– Você sabia que eu me transformaria num dragão e destruiria as Terras das Fadas? Foi isso o que você e sua irmã viram quando me encontraram naquela árvore?

– Não! Eu nunca vi isso, eu juro! Eu sabia que você era capaz de grandes atos de maldade, mas tive fé que você trilharia outro caminho. Sempre enxerguei o bem em você, Malévola – Babá insistiu.

Malévola voltou seu olhar gélido para Circe.

– Você tem estado tremendamente calada, ouvindo através do espelho encantado das suas irmãs, Circe. Não tem nada a dizer?

Circe hesitou antes de responder.

– Eu era uma criança, Malévola. Sequer me lembro de ter visitado as Terras das Fadas. Não me lembro de tê-la conhecido, nem as três fadas boas, nem mesmo a Fada Madrinha. Lamento pelo papel que desempenhei no que aconteceu. De verdade, mas, ao que parece, eu tentava defender você.

Malévola refletiu a respeito das palavras de Circe.

– Não se lembra mesmo?

Circe meneou a cabeça.

– Não.

Malévola sorriu com escárnio.

– Então, parece que você é quase a mesma menina que foi na época. *Quase*, mas não exatamente.

Circe não conseguiu entender o significado das palavras da Fada das Trevas, mas resolveu não pressioná-la. Tudo aquilo parecia tão surreal. Circe ouvira muitas histórias a respeito da malvada Malévola. Foi estranho ouvir a história de uma menina esperançosa – ouvir histórias de suas próprias irmãs enquanto elas jaziam indefesas no solário. E agora suas irmãs estavam mais íntimas da Fada das Trevas do que ela desejaria. De súbito sentiu-se uma tonta por deixar o castelo quando tantos a quem amava estavam em risco. Sua cabeça girava. Circe se sentia presa num pesadelo, num conto de fadas retorcido, o qual ela não sabia como terminaria.

– O que aconteceu a Diaval e os corvos? Ficaram feridos? – Tulipa perguntou, desviando a atenção que Malévola mantinha em Circe.

Malévola sacudiu a cabeça.

– Não, eles ainda me acompanham.

– Mas o que aconteceu com eles? Como eles a encontraram? – Circe perguntou.

– Felizmente, eles não se feriram com a minha destruição das Terras das Fadas. Estavam presos numa realidade alternativa criada para os exames das fadas. Pensei que soubesse disso, Circe. Você devia estar com suas irmãs quando elas encontraram meus pássaros. Foram suas irmãs que transferiram todos das Terras das Fadas para a realidade alternativa quando perceberam que eu estava me transformando. Sabiam que estariam seguros lá.

– Eu lhe disse, não tenho nenhuma lembrança sobre o que aconteceu, Malévola – Circe insistiu. – De fato, não me lembro de absolutamente nada da minha infância. Minhas irmãs nunca falavam comigo a respeito daquela época.

Malévola a observou tal qual um gato observa um rato.

– Verdade?

Malévola ergueu o olhar para Babá, que estava segurando o espelho. Babá avaliou a filha. Já não detectava nenhum amor no coração de Malévola. Era como se uma parte de Malévola estivesse faltando. A parte que ela amara tanto de alguma forma desaparecera, arrancada de quem Malévola era. E Babá não conseguia perguntar-lhe como ela perdera isso.

— Por que me deixou acreditar que eu a havia matado? — Malévola perguntou, arrancando Babá das suas reflexões. Os olhos amarelos ardiam e a pele havia assumido um leve tom de verde.

— Eu não sabia que era nisso que você acreditava!

— Por que pelo menos não tentou me encontrar? Eu era sua filha! E você sequer tentou descobrir se eu estava viva ou morta.

— Eu tentei! Procurei por você em todas as partes. Não consegui encontrá-la, eu juro! Eu e minha irmã levamos uma era para restaurar as Terras das Fadas. Você destruiu tudo, Malévola... e quase todo mundo. Precisei de todos os meus poderes e de todas as minhas forças para reavivar aquele lugar. Só quando as irmãs esquisitas me contaram que a encontraram viva, anos depois, é que soube que você havia sobrevivido.

— Você é uma bruxa poderosa. Caso quisesse ter me encontrado, teria! Como não conseguia sentir minha presença neste mundo? Mesmo em minha forma de dragão! — Malévola estrepitou.

— Você permaneceu um dragão? Por quanto tempo, Malévola?

— Por anos — Malévola disse num tom baixo e rouco.

Ela não disse nada mais, mas Babá por fim compreendeu. Não conseguira encontrar Malévola porque ela permanecera um dragão. Não a sentira neste mundo porque Malévola não havia sido ela mesma.

— Sinto muito por você ter ficado sozinha por todos esses anos, Malévola.

— Eu tinha meus pássaros. — As palavras de Malévola eram como uma adaga no coração de Babá. Pensar em sua fadinha sozinha por tantos anos a dilacerava.

Malévola fez um gesto de dispensa com a mão.

— Não tem importância. Estou feliz com a minha vida, com o meu poder e com o que ele me possibilitou conquistar. Sou a rainha do mal, como profetizado por você e pela sua irmã!

Babá ficou sentida.

— Nunca previ isso para você!

— Mentira! Soube no instante em que me viu que eu era maligna. Deu-me tudo de que eu precisava para me tornar quem eu sou!

— Não vê que foi minha irmã quem provocou isso? Ouvindo você agora, consigo ouvir as palavras dela. Ela fez com que essa profecia se concretizasse!

— Isso, culpe sua irmã, como sempre — Malévola zombou. — Você nunca assume a responsabilidade pelos seus atos. Suponho que dirá que foi ela quem decidiu que Primavera e suas amigas cuidariam de Aurora e que decidiram o destino da menina?

— Que importância teria para você quem cuidaria de Aurora? — Circe perguntou, sentindo-se protetora em relação a Babá.

A expressão de Malévola se petrificou.

— Suas irmãs não a alertaram, não é? Bem, deixe-me explicar para você, para que nunca repita isso. Nunca me pergunte a respeito da menina. Nunca! Houve um tempo em que amei suas irmãs também, mas esse amor não protegerá você!

Nesse instante, Circe percebeu a magnitude da fúria de Malévola. Ela estava falando a sério; suas palavras eram como um feitiço tecido no ódio puro. A raiva dela era um inferno borbulhando dentro dela, à espera de poder sair.

Mas Babá viu algo ante a menção de Aurora; outra emoção que emergiu e superou a raiva dela: preocupação. Foi como uma estrela brilhante no meio da escuridão. Babá viu que essa estrela solitária guiou Malévola ao longo dos anos, mesmo quando se corrompera e deixara de ser a pessoa de quem Babá se lembrava. Essa faceta prevalecia: a obsessão dela pela menina e sua incessante necessidade de mantê-la adormecida.

Dessa vez foi Circe quem interrompeu os pensamentos de Babá.

— Sinto muito, Malévola, mas se não me engano, você precisa da minha ajuda. Da minha e da de Babá, correto? Gostaria de sugerir que pare de me ameaçar, e quem sabe assim poderemos fazer algum progresso?

Malévola lançou os olhos amarelos para Circe, levemente impressionada porque a bruxinha não parecia intimidada por ela.

— Você foi muito bem-criada, Circe. Você é uma bruxa muito poderosa, apesar de ter muita compaixão no coração. Talvez isso acabe sendo sua desgraça. Mas estou contente em ver que tem coragem, diferentemente das suas mães desvairadas.

— Está se referindo às minhas irmãs — Circe disse, corrigindo-a.

— Não, refiro-me às suas mães — Malévola escarneceu.

— Você mente apenas para feri-la, Malévola! — Babá exclamou, levantando a voz com Malévola pela primeira vez desde a sua chegada.

Malévola recuou.

— Posso ser a rainha do mal, mas não minto. *Você* é a rainha das mentiras, rainha dos segredos, rainha da traição, não eu! — A voz de Malévola reverberou pelo castelo tal qual uma tempestade de maldade.

— Do que ela está falando? — Circe perguntou a Babá. Mas Babá não sabia. Evidentemente as irmãs esquisitas tinham segredos que partilharam apenas com Malévola.

— Você poderá encontrar o feitiço nos livros das suas irmãs. Está tudo lá. Como elas fizeram. Como criaram você — Malévola disse. — Você bem pode ser a única coisa neste mundo que resta delas agora que estão aprisionadas no Reino dos Sonhos.

— Não acredito que elas sejam minhas mães. Não acredito! — Circe exclamou.

Malévola gargalhou.

— Sabe que estou dizendo a verdade! Leia os livros que estão diante de você. Está tudo aí. Descubra os segredos das suas mães agora que os livros estão abertos para você. Eu lhes dei os encantamentos para proteger seus segredos de você durante todo este tempo. Mas elas já não habitam este mundo. Esses feitiços foram quebrados! Por que você acha que sempre teve poderes maiores que os delas? Por que acredita que elas sempre se submeteram a você, a *irmãzinha* delas? *Você é elas*! Mas vá. Procure você mesma. Quando encontrar o livro que lhe revela os seus segredos e os meus, segredos que estivemos escondendo, traga-os para cá. Traga-os para mim e para Aquela das Lendas, e então saberá que o que digo é verdade. Só então você desejará me ajudar!

O reflexo de Circe no espelho olhava para Babá, imaginando o que deveria fazer.

— Vá, minha querida. Faça o que ela diz! — disse Babá. — Veja por si mesma e traga os livros de volta ao castelo.

Babá olhou para Tulipa e Popinjay.

— Meus queridos, não me esqueci de vocês. Tulipa, você e Popinjay poderiam, por favor, cuidar daquele assunto sobre o qual falamos antes?

— Sim, claro, Babá — Tulipa disse. Quase se esquecera de que estavam esperando a Fada Madrinha e as três fadas boas.

— Vejo que conduz a todos tal qual um maestro, como de costume — Malévola disse com mordacidade.

— Pare com isso, Malévola — Babá exclamou. — Não ouviu nada do que lhe disse? Eu amava você! Amava mais do que a qualquer pessoa que já conheci. Eu a amei como uma filha. E ainda amo. Por favor, pare com essas acusações!

Tulipa e Popinjay sentiram como se estivessem ouvindo às escondidas a uma conversa particular. Saíram da sala o mais silenciosamente que puderam sem interromper mãe e filha, porque era isso o que Babá e Malévola eram. Mãe e filha.

Ou, pelo menos, foram no passado.

Capítulo XXIV

A jornada turbulenta de Popinjay

Tulipa fechou a porta com suavidade atrás deles ao passarem para o corredor. Hudson estava nas proximidades, como de hábito, à espera de auxiliar Babá ou Tulipa.

– Hudson, por favor, desça e descanse – Tulipa disse. – Não há necessidade de você esperar aqui. Se Babá precisar de você, ela tocará a sineta. Faz dias que você está de pé. Vai acabar adoecendo. Por favor, faça o que eu digo, e cuide-se.

Hudson mostrou feições determinadas, mas estava aliviado com a permissão para descansar.

– Se não há nada que eu possa fazer por você, princesa, então farei exatamente isso.

– Obrigada, Hudson – Tulipa respondeu. – Quando descer, por favor, diga a Violeta que esperamos pelo chá às cinco no jardim. Estarei recebendo convidadas das Terras das Fadas.

— Sim, princesa — Hudson respondeu, e partiu para o interior do castelo onde os criados moravam e trabalhavam. Ocorreu a Tulipa que cada castelo era como um grande navio, e este tinha Hudson ao leme. Desejou que todo mundo em cada casa, nos muitos reinos, tivesse um Hudson no comando em tempos difíceis.

— Você está bem, Tulipa? — Popinjay estava com a mão no braço de Tulipa e lhe sorria. Sentia orgulho por ela o amar.

— Ficarei bem, meu amor. Prometo que conseguiremos lidar com isto. — Olhou para Popinjay por um instante demorado, observando-lhe os lindos olhos cinzentos, e suspirou. — Sabe que o amo, Popinjay — disse, e Popinjay corou. Tulipa desejou que o noivado deles não tivesse nascido naquela tempestade turbulenta, mas não havia nada que se pudesse fazer a respeito disso. Apenas estava feliz por Popinjay parecer mais do que disposto a enfrentar essa aventura, sem reclamar e sem se preocupar excessivamente com ela. Estava feliz por tê-lo ao seu lado, e Popinjay parecia feliz em estar ali.

Capítulo XXV

O segredo das irmãs esquisitas

A mente de Circe rodopiava depois de ouvir a história de Malévola e o que a Fada das Trevas dissera a respeito das suas irmãs, na verdade, serem suas mães. *Como isso seria possível?* Ela precisava de ar fresco – sair da casa das irmãs. Precisava de tempo para pensar e para respirar.

Circe saiu da casa e viu que uma mulher vinha na sua direção. Usava um vestido leve de tafetá preto, que se movia com delicadeza com os gestos miúdos da mulher. O vestido era decorado com rubis em formato de maçãs e bordado com uma árvore ressaltada por pequeninos pássaros em fio dourado.

– Rainha Branca de Neve? – Circe perguntou. Quase se esquecera de que a rainha estava a caminho.

– Olá! Sim, sou eu – a mulher disse. Diminuiu a distância que a levava até Circe com um sorriso amplo no rosto.

— Olá, Vossa Majestade! — Circe disse. — Fiquei tão contente quando escreveu dizendo que viria. Eu não tinha certeza se o faria.

Branca de Neve sorriu para Circe.

— Por favor, pode me chamar de Branca. Claro que eu queria vir. Quis lhe entregar o livro de imediato. — Branca sorriu, e as linhas ao redor dos olhos se acentuaram, deixando-a ainda mais bela para Circe. — Soube pela sua carta amável que você era diferente das suas irmãs.

Branca de Neve parou de andar e olhou para Circe com uma expressão intrigada. Estava tentando ligar Circe às irmãs esquisitas baseando-se nas suas lembranças de infância. Branca não conseguia imaginar que essa mulher estivesse relacionada àquelas mulheres horríveis. De repente, algo se encaixou para Branca. — Espere, Circe. Você é a feiticeira que amaldiçoou o Príncipe Fera?

— Sim, sou eu. — Circe abaixou os olhos, envergonhada. Odiava ter causado essa impressão na prima recém-conhecida.

— Oras, mas você não foi genial? Acho que já decidi que gosto muito de você, Circe — Branca disse ao passar o braço pelo de Circe. — Pelo que entendi, ele era uma pessoa bestial e mereceu cada parte daquela maldição!

As mulheres riram e Circe se sentiu mais à vontade na companhia da prima.

— Por favor, entre. Preparei o chá – disse ela. – Já que está a par da história do Príncipe Fera — Circe continuou —, foi aqui que Úrsula encontrou a Princesa Tulipa, bem debaixo da superfície da água, depois que Tulipa saltou daquele rochedo. Dói meu coração pensar que Tulipa estivesse tão miserável por conta daquele homem desprezível. Mas a experiência toda de fato ajudou-a a se tornar a jovem incrível que é agora; então, eu não deveria lamentar o caminho que a trouxe até aqui.

Enquanto Branca ouvia, seus imensos olhos escuros pareciam reluzir com um pensamento que não estava partilhando. Ocorreu a Circe que Branca de Neve era uma mulher pacata. Já sabia que a amava, apesar de a ter conhecido há apenas poucos instantes. Havia uma inegável bondade em seu interior que agradava a Circe.

— Você não é de falar muito, não, Branca?

Branca balançou a cabeça.

— Imagino que não. Converso com minha mãe, com minhas filhas e com meu marido, o rei, claro. Eles são meus melhores amigos.

Circe conseguiu ouvir o que Branca de Neve não estava dizendo: *Minha mãe é muito protetora. Ela não gosta que eu viaje pelos reinos. Ela não gosta que eu fique na companhia de pessoas que ela não conheça ou confie.*

— Bem, eu lhe asseguro, Branca, você está segura comigo. Pode confiar em mim.

Branca sorriu para Circe.

— Acredito que eu possa.

As mulheres sorriam uma para a outra, sentindo-se abençoadas pela companhia mútua. E por se sentir à vontade com Branca, Circe contou as novidades de Malévola.

— Quer dizer... — Branca começou, olhando preocupada para Circe. — Acredita que Malévola esteja dizendo a verdade a respeito das suas irmãs? Você me parece incerta.

Circe parou no patamar diante da escada curta que dava para a porta de entrada da casa das irmãs esquisitas. Pensou a respeito da pergunta.

– Eu não sei – respondeu por fim, tirando uma bolsinha de dentro do bolso.

Circe espalhou um pó brilhante da cor de safiras que tirara da bolsinha na mão de Branca. Ele reluziu à luz do sol, como se fosse feito de safiras de verdade.

– Agora, assopre naquela direção – Circe instruiu, apontando.

Branca fez o que Circe lhe disse. De repente, uma casa surgiu diante dos seus olhos. Ela se sentiu uma tola por arquejar, mas não teve como evitar. O feitiço a surpreendeu.

Branca se maravilhou ante a casa das irmãs esquisitas. Nunca vira uma construção como aquela. Nunca pensara sobre muito onde as irmãs esquisitas moravam. Sempre imaginou que elas saltavam de um redemoinho negro toda vez que decidiam que era hora de atormentar suas vítimas, e depois desapareciam no vácuo numa nuvem de fumaça quando haviam terminado. Isto é, até estarem prontas para mexer com a cabeça de mais uma vítima. Mas a casa delas era charmosa. O telhado até se assemelhava a um chapéu de bruxa.

Quando ela passou pela porta entrando numa cozinha clara e arejada com uma ampla janela, não teve como não ver a macieira do lado de fora.

– Aquela é...

Circe contraiu os lábios, sentindo-se tola por não ter escondido a árvore.

— Temo que sim. Minhas irmãs tinham os artefatos para todas as suas... hum, as suas aventuras.

Branca franziu o cenho.

— Eu não chamaria atormentar minha família de aventura. — Mas Branca entendeu que devia ser uma palavra que Circe usava como forma de negação. Branca muitas vezes empregava termos semelhantes para se referir à mãe como mulheres diferentes, apesar de a mulher que ela amava e conhecia hoje ser a mesma que tentara matá-la, por mais que ela tentasse apartá-las em sua mente.

Ouvindo os pensamentos de Branca, Circe suspirou.

— Exato. Fico muito feliz por estarmos nos entendendo. Provavelmente ainda mais do que poderíamos saber. Tenho a sensação de que seremos grandes amigas. Eu já a amo muito.

Branca de Neve sorriu.

— Sinto a mesma coisa. Depois de tudo o que me contou, sinto como se já a conhecesse muito bem. E você partilhou tanto comigo, tudo pelo que passou nestes últimos dias... Sinto como se tivesse vivenciado isso com você. É tão estranho estar aqui – na casa das suas irmãs. Passei tantos anos imaginando quem suas irmãs de fato eram. Imaginando o que as tornou no que são e por que me atormentaram quando eu era criança. Elas ainda me atormentam nos meus sonhos.

Circe pareceu preocupada.

— Elas fazem isso? Sinto muito. Se elas estão lhe enviando sonhos ruins, verei o que posso fazer para acabar com isso.

Agora Circe tinha mais um motivo para estar frustrada com as irmãs. Depois de todos esses anos, elas ainda atormentavam Branca de Neve. Isso a deixava mais brava do que desejava admitir.

– Venha, sente-se e fique à vontade. Vou preparar o chá – Circe disse. Ela sabia que Branca de Neve não compreendia muito bem o motivo de ela estar ali.

De súbito, ocorreu a Branca de Neve que ela poderia simplesmente ter enviado o livro. Por que fora até ali? Não seria uma presunção da sua parte impor sua presença dessa maneira quando Circe já estava passando por tanta coisa?

Circe sorriu para a prima.

– Eu lhe enviei o encantamento para que viesse, Branca. Você é mais do que bem-vinda aqui.

Branca entregou a Circe o Livro dos Contos de Fadas que trouxera consigo.

– Pegue. E deixe que eu preparo o chá. Não suporto me sentir inútil. Uma vez que não entendo nada de livros de magia, você provavelmente deveria deixar as tarefas mais mundanas, como preparar o chá ou as refeições, para mim.

Circe pensou que Branca de Neve devia ser a mulher mais gentil que já conhecera. Quase se esquecera de que era uma rainha.

– Você deve ter criados para fazer esse tipo de coisa para você.

Branca riu com mais vontade do que há tempos não fazia.

– Eu costumava cozinhar e limpar para sete anões. Sou capaz de fazer um bule de chá. Sei que está ansiosa em avaliar os livros de magia das suas irmãs e o Livro de Contos de Fadas. E sei que não deve estar se sentindo à vontade por deixar Babá sozinha com Malévola por muito tempo, mesmo que seja isso o que ela quer. Portanto, volte ao trabalho!

Circe sorriu ante a gentileza de Branca. Não duvidava das habilidades de Babá para se proteger, mas conhecia o coração dela. Não imaginava Babá fazendo mal a Malévola, mesmo que em autodefesa. Deixando o Livro dos Contos de Fadas de Branca de lado, abriu um dos outros livros de magia das irmãs.

Enquanto Branca vasculhava os armários da cozinha das irmãs à procura de xícaras, deparou-se com uma azul linda, com borda dourada. Algo nela a fez pensar em sua infância. Tinha quase certeza de que sua mãe tivera xícaras como aquela. Branca pensou em mencionar algo a respeito com Circe, mas não queria atrapalhá-la enquanto ela pesquisava.

– Oh, deuses! Acho que são mesmo minhas mães! – Circe exclamou. Estava ficando agitada. Algo em seu interior se encheu de medo, fazendo com que seu coração disparasse tão rápido que ela acreditou que fosse desmaiar.

– Circe, você está bem? O que foi? Encontrou algo? – Branca perguntou preocupada.

– Não, desculpe por estar tão transtornada. Estou preocupada que talvez Malévola esteja dizendo a verdade, e isso me deixou ansiosa – Circe admitiu.

– Há algo que eu possa fazer por você? Gostaria de um pouco de água? – A voz suave de Branca retinia como um sino pequeno.

Circe olhou para a prima.

— Estou tão devastada, Branca. Sinceramente não sei por onde começar a procurar em todos estes livros. Minha cabeça está girando.

Branca se juntou a Circe no chão. Apoiou a mão delicada no ombro da prima.

— Você está em estado de choque, Circe. Respire um pouco. Por que não começa a procurar pelos diários datados antes do seu nascimento? Você disse que Malévola mencionou algo a respeito de as suas irmãs também terem um segredo dela. Talvez você deva procurar nos diários que dizem respeito a ela.

Circe ficou grata pela sugestão.

— E você se perguntou o motivo de ter vindo. Obrigada.

Branca sorriu e levou chá para Circe.

— No que está pensando, Branca? – Circe perguntou.

Branca riu.

— Não consegue saber?

Circe balançou a cabeça.

— Nem sempre. Não se não estiver prestando atenção. Mas tive a sensação de que você queria me perguntar alguma coisa. Algo que poderia me entristecer.

— Fiquei pensando se você vai despertar suas irmãs.

— Eu... Bem... Claro que vou – Circe disse. Mas ela mesma já estava começando a se perguntar se isso era mesmo uma boa ideia.

— Você não parece certa disso.

Circe se perguntou se Branca estaria lendo os *seus* pensamentos.

— Minhas expressões são tão fáceis assim de interpretar?

Branca voltou a guardar a xícara azul-escuro e dourada, decidindo que não gostava de ser lembrada da sua infância. Em vez disso, escolheu duas xícaras pretas com bordas prateadas.

— Bem, se eu fosse você, também estaria me sentindo assim. Estaria dividida. Uma parte de mim iria querer minha família de volta, mas a outra ficaria imaginando se seria responsável deixá-las soltas nos muitos reinos.

Circe sabia que o que ela dizia era verdade.

— E, claro, se Malévola estiver dizendo a verdade, e tenho a sensação de que está, eu vou querer respostas. Respostas que apenas minhas mães terão.

— E vai querer essas respostas diretamente delas? Não acha que encontrará todas as respostas de que precisa nestes livros? — Branca levou a xícara de chá até Circe enquanto a prima acendia a lareira com um movimento da mão.

— Não sei — Circe respondeu. — Mas só há um modo de descobrir.

Enquanto Circe pesquisava os livros das irmãs, Branca ficou sentada numa das poltronas, deixando os pensamentos vagarem. Foi estranho, mas ela teve uma sensação de alívio por estar distante da mãe. Estava feliz por estar nesta casa com a amiga nova, e satisfeita por estar por conta própria pela primeira vez na vida. Desde pequena, Branca estivera na companhia de alguém de quem tivera que cuidar: o pai depois da morte da mãe, e da madrasta depois que o pai falecera. E assim continuou com os anões enquanto estivera se escondendo da mãe, e claro, seus próprios filhos que dependeram dela até crescerem, mas isso fora o maior dos prazeres para Branca e não um fardo. E agora que seus filhos eram adultos, era sua mãe quem parecia precisar da incessante garantia do amor de Branca. Era verdade que a mãe a protegia, a amparava e encantara as terras ao redor dela para que ela sempre fosse feliz. Mas Branca percebia agora, depois de algum tempo afastada, que na verdade era ela quem tomava conta da mãe. Ela a confortava sempre, fazendo com que se sentisse melhor. Sempre fazendo com que a velha rainha se sentisse menos culpada pelas coisas que lhe fizera quando ela era mais jovem. Isso era exaustivo.

Circe conseguia ouvir os pensamentos atravessando a mente de Branca, e sentia empatia. Imaginou um cenário que provavelmente aconteceria se ela fosse capaz de despertar as irmãs. Toda culpa e angústia pela sua participação no modo com que elas acabaram na Terra dos Sonhos atormentaria sua mente. Circe às vezes se esquecia de como conseguia ficar brava com as irmãs pelas coisas horríveis que elas fizeram. Às vezes se esquecia de que sua raiva era justificada. Não partilhou seus pensamentos com Branca porque sentia que elas já se compreendiam. Ficou imaginando se tudo isso seria arruinado uma vez que suas irmãs acordassem. Elas não gostavam de Branca de Neve, apesar de Circe não entender o motivo. Com frequência o ódio das irmãs era arbitrário, e com certeza esse era o caso com Branca de Neve. Ela não passara de uma criança quando elas a conheceram. *Talvez eu encontre respostas nestes diários. Talvez, depois de todos estes anos, eu finalmente conhecerei minhas irmãs e saberei quem de fato elas são.*

Circe vinha lendo os diários há algum tempo quando algo finalmente chamou sua atenção. Empalideceu assustadoramente. Toda a cor fugiu do seu rosto e ela pareceu prestes a desfalecer.

– Oh! Branca! Acho que encontrei! Acho que encontrei o que Malévola disse. É um feitiço!

– O que foi? – Branca se apressou para junto de Circe. – Você está bem? Venha se sentar aqui. Vou buscar um pouco de água. Você está péssima.

Circe estava em estado de choque.

– Agora eu entendo. Tudo faz sentido. Tudo. Cada um dos maus feitos. As manias das minhas irmãs. O meu poder. Tudo.

– O que diz aí? – Os olhos de Branca estavam arregalados. Estava assustada por Circe. Antes que Circe pudesse responder, as duas foram interrompidas por um estrondo terrível.

Branca se apressou para a janela e viu que a casa se erguia acima do rochedo, alçando em direção às nuvens do céu.

– Circe! O que está acontecendo? Você está fazendo isto?

Circe parecia tão aterrorizada quanto Branca.

– Não. Não sei por que a casa está viajando! Branca, sente-se. Tenho certeza de estarmos seguras, mas, por favor, sente-se, só como garantia.

Circe foi até a janela grande da cozinha para ter uma visão melhor de onde estavam indo. Embora já tivesse vivenciado isso mais vezes do que se lembrava, suas irmãs sempre estiveram no comando da casa. Ela não fazia ideia de como ela estava se movendo.

Branca agarrou os braços da poltrona com força.

Circe se sentou ao lado de Branca.

– Ficaremos bem, minha querida. Eu prometo. Este é o modo como eu e minhas irmãs sempre viajamos. A casa foi feita para se mover de um lugar a outro desta forma. Só não sei por que está acontecendo agora e por vontade própria.

– Mas para onde estamos indo, Circe? – Branca perguntou.

– Eu não sei, querida. Acho que descobriremos assim que chegarmos lá.

Capítulo XXVI

Mães e filhas

Babá nunca imaginara que voltaria a se sentar com Malévola assim, apenas para conversar.

– Eu gostaria tanto de saber o que está pensando. Sempre quis – disse Malévola.

– Você parece muito mudada para mim, Malévola – Babá respondeu. – Existem tantas coisas que eu quero saber, tantas coisas que quero lhe dizer, mas não há tempo.

– O que você poderia me dizer agora que faria alguma diferença? – Malévola estrepitou.

Babá fez uma pausa momentânea.

– Eu poderia lhe dizer que entendo.

Malévola ficou parada, com a raiva borbulhando dentro dela.

– Não existe a mínima possibilidade de você entender! Sabe como passei aqueles anos depois de ter destruído as Terras das Fadas? Depois de eu finalmente voltar a ser eu mesma e não estar mais na forma de dragão? – Malévola perguntou.

Babá meneou a cabeça.

— Eu estava só, torturada pelo pensamento de tê-la matado! — A ira de Malévola atingiu Babá com força no meio do peito. Era quente e maligna. Babá estava preocupada que talvez Malévola voltasse a perder o controle. Isso deve ter transparecido no seu rosto porque Malévola gargalhou como louca.

— Ah, não se preocupe. Não incendiarei o castelo de sua preciosa Tulipa. Agora controlo meus poderes. Nada se queimará. Não a menos que eu queira.

Babá não considerou essa declaração tranquilizadora.

— Malévola, me ouça. Não consegui encontrar você, eu juro. Procurei por toda parte. Usei todo tipo de magia de que dispunha para procurá-la. Sofri por você porque acreditei que tivesse morrido quando destruiu as Terras das Fadas. Pensei que sua ira a tivesse consumido. Você não faz ideia de quanto sofri com a sua perda.

Malévola sacudiu a cabeça com vigor.

— Mas quando descobriu que ela estava viva, você não a procurou. Sua filha! As irmãs esquisitas lhe contaram que haviam me encontrado, e você não veio! Não veio por ela! Você a deixou sozinha naquele castelo arruinado.

— Você quer dizer que eu deixei *você* naquele castelo. Que não fui atrás de *você*.

— Aquela menina, a sua filha, não existe! Ela está morta porque você a abandonou!

— Eu estava com medo — Babá admitiu. — Foi só depois que as irmãs esquisitas me procuraram para ajudar a princesinha que soube pelo que você havia passado. Mas então eu tinha Aurora a considerar. Ela era pequena e indefesa, como um dia você foi. Ela precisava de um lar. E precisava de alguém que cuidasse dela e que a amasse.

— Então você a pôs nas mãos das três fadas boas? Você deu minha filha a elas! Como pôde?

Babá ficou chocada.

— Sua filha? Como isso é possível? Isso é verdade?

— Não finja que não sabia! Claro que sabia! Você sabe de tudo. Diga que não deduziu. Diga que não sabia, lá no fundo da sua mente, que ela era minha. Seja honesta comigo e consigo própria só para variar! — Malévola urrou. — Você a deu para elas. Para *elas*! Aquelas fadas asquerosas! Aquelas criaturas horrorosas que me odeiam! Você deu minha filha para *elas*!

Babá se sentia muito mal. Fracassara perante Malévola mais do que imaginara. Percebeu que Malévola jamais poderia perdoá-la, pouco importando o quanto lhe implorasse.

— Eu não tinha escolha! Vi isso no dia do exame. Vi que as fadas boas cuidariam de uma garotinha a quem viriam a amar muito. Ela era a protegida delas, Malévola. Estava sacramentado. Não consigo controlar a ordem da sucessão. Não posso mudar o que está escrito no Livro das Fadas. Você sabe disso! Sabe melhor do que qualquer fada!

— Por que não pôde dá-la à Fada Azul? Para qualquer outra exceto *elas*?

— Você sabe que a Fada Azul tinha seu protegido, o menininho. Flora, Fauna e Primavera eram as próximas da fila. Sinto muito, Malévola, mas não havia como evitar. Todas as crianças abandonadas com seus destinos são dadas a uma fada. Essa é a tarefa primordial de uma fada. E, além disso, se você não a tivesse amaldiçoado a morrer, condenando essa criança que proclama ser sua, as fadas boas não precisariam ter ficado na vida dela. O envolvimento delas teria terminado no dia em que a entregaram ao Rei Estevão e sua rainha, no dia do batizado dela! Você fez com que as fadas a levassem para a floresta e mudassem o nome dela. Você provocou isso com a sua maldição. Não é culpa minha, Malévola. Você causou isso a si própria.

– Você poderia ter aceitado o caso dela! Você deveria ter intercedido! – Malévola gritou. – Você sempre foi a favorita de Oberon. Ninguém a teria questionado. Você poderia ter feito isso por mim! Você mesma poderia ter cuidado dela! Meu Deus, de certa forma, ela é a sua neta!

Babá ficou atordoada.

– O que quer dizer com neta? Onde conseguiu Aurora? Ela é sua filha legítima? Ou a encontrou?

– As irmãs esquisitas não lhe contaram? Você não sabia? – O rosto de Malévola estava impassível. Parecia um animal avaliando sua presa como se tentasse decidir se Babá estava dizendo a verdade. Babá não conseguia ouvir os pensamentos dela. Não fazia ideia do que ela pensava. Seu rosto não revelava nada, nenhuma emoção, nem mesmo raiva.

Malévola caçoou.

– Tenho praticado manter meus pensamentos protegidos de você. Vejo que está funcionando. Por tempo demais você invadiu minha mente. Por tempo demais, você tentou me conduzir ao caminho que achava que eu deveria tomar. E durante todo o tempo, você sabia que acabaríamos aqui. Neste lugar. Neste momento. Como inimigas.

– Não sou sua inimiga, Malévola. Você é.
– Ousa dizer isso para mim? Sou apenas mais uma tola vaidosa e sedenta pelo poder que se lança em direção ao perigo? Não me insulte! Você não faz ideia do sofrimento que suportei, e por tudo o que passei.
– Conte-me.
Malévola se surpreendeu.
– O quê?
– Conte-me o que você passou. Quero ouvir.
Babá estava desesperada pelo perdão de Malévola, não só pelo seu bem, mas também pelo de Malévola. Oberon aguardava do lado de fora, e ela queria que Malévola tivesse mais tempo. Para lhe dar uma chance de se redimir. Babá queria que a estrela pequenina no coração de Malévola a guiasse até sua redenção, a conduzisse para longe da escuridão.
Então talvez, apenas talvez, Oberon lhe poupasse a vida.

Capítulo XXVII

A Fada das Trevas no exílio

—A primeira lembrança que tenho do lugar que hoje chamo de lar foi a de estar sentada em meu frio trono de pedras. Lembro-me de tremer de dor, mas eu sentia que merecia isso. Meu único consolo eram meus corvos e minhas gralhas. Se não fosse por eles, não sei o que teria sido de mim. Você tem que entender que estou dizendo como me senti então, e não como me sinto agora. Eu era uma pessoa diferente na época. Agora tudo parece distante. – Malévola disse. – Você já olhou para eventos passados que aconteceram há muitos anos e sentiu como se tivessem acontecido com outra pessoa? É assim que me sinto agora, a não ser pelo fato de que o distanciamento é mais profundo, porque eu era, de fato, outra pessoa. Tenho lembranças dos meus sentimentos, de como me senti no passado, mas acredito que não sinta nada agora, a não ser raiva e a inegável necessidade de proteger minha filha.

Malévola: a Rainha do Mal

— Encontrei meu castelo em ruínas por acaso e resolvi fazer dele o meu lar. Era habitado por criaturas vis que me temiam. Viram-me na minha forma de dragão e concluíram que eu havia sido enviada pelo antigo governante, Hades, para comandá-los em seu lugar. Mais tarde descobri que meu castelo fora um lugar de grande poder, e que as criaturinhas, que se tornaram meus lacaios, foram deixadas lá, abandonadas por Hades quando ele deixou aquelas terras. Nunca vi o deus do submundo. Ele não me visitou, mas meus pássaros me contaram as histórias que as criaturas lhes contaram. Passei muitos anos ali, sozinha, sofrendo pelo que fizera. Sentia que merecia toda a dor que vivenciava, e fiquei muito temerosa de voltar a sentir raiva, temerosa com a possibilidade de me destruir nesse processo. A dor que envolve transformar-se em dragão é insuportável. Com toda a honestidade, não pensei que poderia sobreviver àquilo novamente. É por isso que permaneci como dragão por tanto tempo. Eu tinha medo da dor que envolveria a transformação para o meu verdadeiro eu. E eu temia quem eu me tornaria assim que voltasse à minha verdadeira forma. No fim, fiquei muito solitária e cansada de sempre repelir algum jovem destemido que queria demonstrar sua bravura ao matar o grande dragão. Mas de fato foi a esperança de ver Diaval, Opala e meus pássaros de novo que me deu a coragem de me transformar em mim. Estive sem eles por tempo demais. Minha solidão era palpável. Ela me consumia por dentro, deixando-me com poucas esperanças de que, no dia em que voltasse a ser quem era, eles pelo menos ouviriam ao meu chamado. Mas eles ouviram. E quando me transformei, descobri que eu era basicamente a mesma pessoa de antes. Era a fada que você conheceu e amou, exceto por estar tomada por uma tristeza inenarrável e por uma culpa tremenda pelo que pensei ter feito a você e a todo o resto. Com o passar dos anos e com a minha tristeza aumentando, desejei que você nunca tivesse me encontrado naquela árvore. Desejei nunca ter sabido o que era ser amada por alguém. Naqueles anos, minha dor e minha saudade de você foram tão desesperadoras que rivalizavam com a agonia da minha transformação em dragão. Passei meus dias praticando magia e lendo os livros que os meus corvos me traziam, tirados de lugares distantes. Eu tinha meus livros, meus corvos e minhas gralhas. Francamente pensei que não precisava de mais nada. Isto é, até as irmãs esquisitas me encontrarem. Elas haviam perdido a irmãzinha caçula delas, Circe, e estavam muito tristes. Não importava o quanto eu lhes perguntasse, elas não me disseram o que acontecera. Pareciam consumidas pela culpa e pela tristeza. Imaginei que a tivessem perdido por causa de algo que fizeram. Não sabia os detalhes e não perguntei. Só estava feliz por elas terem me encontrado. Sempre imaginei que se elas tinham de alguma maneira sobrevivido ao que acontecera às Terras das Fadas e conseguissem me encontrar, eu teria que enfrentar condenação e ódio, mas elas me abordaram com amor e preocupação. Elas queriam cuidar de mim. Queriam que eu fosse delas, queriam me ajudar. Como você bem sabe, eu amei as irmãs no instante em que pus os olhos nelas. Então, quando me encontraram no meu castelo arruinado, senti-me tentada a ir com elas para sua casa. Mas eu tinha medo de um dia acabar destruindo--as com os meus poderes. Elas eram tão diferentes na época, tão diferentes de como são agora. Mas eu não tenho de lhe dizer isso. Você se lembra de como elas eram. Sim, elas sempre falavam uma por cima das outras e ficavam alvoroçadas. Mas hoje, quando observo minhas lembranças delas, vejo que eram bruxas diferentes das que são agora. Não só por terem envelhecido, mas porque seus corações mudaram. Seus modos mudaram. Mas as irmãs de então, elas queriam cuidar de mim e me levar para casa com elas. – Não importava o quanto me implorassem, eu não fui com elas. Tinha medo demais do que poderia fazer com elas.

– *Você jamais nos feriria, querida! Não. Nós lhe ensinaremos a controlar seus poderes.*

– *Isso, isso! Nós a instruiremos, meu bem!*

– *Por favor, Malévola, nós a amamos! Precisamos de você!*

– E assim foi por algum tempo. As irmãs esquisitas surgiam dos céus para ver como eu estava e me pediam para ir morar com elas. Mas eu continuava negando. Com o tempo, suas visitas se tornaram cada vez menos frequentes. Mantive-me ocupada com meus livros e meus animais. Meus corvos voavam por todos os lugares para os quais eu tinha medo demais de ir, me contavam histórias de cada reinado e me traziam feitiços de outras bruxas. Eles também me traziam notícias das irmãs esquisitas, que também se mantiveram ocupadas com suas próprias aventuras.

– Haviam se passado muitos anos desde a última vez em que as vira quando vieram me visitar novamente, mais uma vez implorando para que eu fosse viver com elas. Foi nesse momento que comecei a ver o início da transformação delas, embora não soubesse disso na época. Só vejo a realidade agora, quando olho para os acontecimentos com objetividade.

— *Você está solitária, querida,* Lucinda me disse. *Está definhando sem ninguém a quem amar. Por favor, venha morar conosco para lhe darmos a companhia pela qual está tão desesperada. Por favor, Malévola. É o único modo de você sobreviver.*

— Essa foi provavelmente a última visita na qual as irmãs esquisitas falaram com coerência. Na vez seguinte em que me visitaram, tudo mudou.

— *Malévola. Por favor, deixe-nos ajudá-la,* as irmãs imploraram quando foram me ver novamente. *Se você não quer ir morar conosco, se não permite que a amemos, então, por favor, deixe que lhe demos uma filha. Deixe-nos lhe dar alguém para amar. Alguém de quem cuidar e alguém que cuidará de você.*

— Amei a ideia de ter alguém para cuidar além dos meus pássaros. Adorei a ideia de alguém me amar, mas não entendia como as irmãs esquisitas poderiam fazer isso.

— *Mas como?*, eu perguntei. Elas gargalharam, mas não num tom de brincadeira. Gargalharam porque estavam felizes. Gargalharam porque pensaram que estavam me dando o maior presente que poderiam me dar: amor. Mas eu fiquei preocupada. Não tinha certeza se aquilo era algo que eu deveria considerar. Não sabia ao certo se era seguro.

— Asseguraram-me que era. *Ah, querida, não tema. Podemos fazer isso. Temos trabalhado num feitiço por muitos anos, aperfeiçoando-o e controlando-o antes de ousarmos utilizá-lo.*

— *Nós jamais lhe ofereceríamos tal presente ou tentação se não soubéssemos que poderíamos lhe dar de verdade.*

— Lucinda era sempre quem mais falava, mas, dessa vez, Ruby disse: *E nós jamais lhe daríamos um feitiço que a colocasse em perigo, amada. Nós mesmas planejamos usar esse feitiço.*

— E depois foi a doce Martha, com seus olhos ligeiramente meigos, quem falou: *Criamos o feitiço para nós mesmas, entende, por isso você sabe que ele é seguro. E depois de aperfeiçoado, assim que tivemos certeza de que ele estava totalmente certo e estávamos para usá--lo, tivemos uma epifania!*

— *Temos que ajudar Malévola! Nós lhe daremos este presente!*, todas as irmãs disseram ao mesmo tempo, a excitação e o amor emanando delas. *Queremos lhe dar isto, Malévola! Por favor, nos deixe fazer isso!*

— Eu não tinha como expressar o quanto a oferta delas significava para mim. O quanto o presente delas era maravilhoso e que, claro, eu o aceitaria. Eu teria uma filha. Eu nem conseguia falar. Não conseguia encontrar as palavras para expressar minha gratidão a elas.

— *Nós sabemos, nossa pequenina e amada fada-bruxa-dragão, nós sabemos. Por favor, não há necessidade de dizer nada. Não entre nós.*

— Levou algumas semanas para que as irmãs esquisitas me convocassem a ir à casa delas. Enviaram uma mensagem por intermédio de Opala, que deve ter ido visitá-las em uma das suas aventuras. Disseram que finalmente chegara a hora para o feitiço, mas que ele precisava ser realizado na casa delas. Nunca havia saído do castelo, nem uma vez sequer em todos aqueles anos, e fiquei terrivelmente ansiosa. Tinha tanto medo de usar os meus poderes, estava tão aterrorizada de usá-los para o mais simples dos feitiços de transporte, que resolvi ir a pé até o local em que as irmãs haviam colocado a casa delas. Ela estava na periferia do reino, não muito longe, mas a ideia de transpor mesmo essa pequena distância fez com que o pânico se espalhasse pelo meu corpo todo. Convoquei Diaval, Opala e meus outros pássaros, e lhes pedi que me acompanhassem pelo alto e observassem o céu. A carta das irmãs esquisitas disse que elas teriam colocado a casa mais próxima ao meu castelo, mas algo as impedira de fazer isso. Presumiam que fosse decorrente de alguma medida de segurança instaurada pelo antigo ocupante e que ainda estava funcionando.

– Conforme eu andava pela floresta, senti-me uma tola por estar com tanto medo. Mas então uma necessidade premente de fugir se apossou de mim. Senti que corria perigo verdadeiro. O sentimento opressor de ódio era palpável, e foi então que eu entendi: era a floresta. Ela ganhara vida. Foi algo horrível de ver. A folhagem e as videiras se retorciam na minha direção com uma velocidade aterradora. As árvores também eram algo como nunca eu tinha visto. Pareciam ter rostos e mãos longas que queriam me agarrar e das quais parecia impossível me libertar. Pensei que morreria ali enquanto as trepadeiras se enroscavam ao meu redor ao mesmo tempo em que as árvores me mantinham presa no lugar. Meus pássaros desceram voando, atacando as árvores, tentando me ajudar enquanto os espinhos perfuravam minha pele e envolviam meu pescoço. Eu não fiquei com medo quando senti minha força vital se esvaindo – não de verdade; foi quase um alívio. Acho que eu teria ficado feliz em morrer.

– *Malévola, não! Use seus poderes!*, as irmãs esquisitas gritaram em meio às árvores. Estenderam as mãos na direção do céu, deixando o mundo escuro com sua magia. – *Malévola! Está escuro! Use sua magia!*

– No meu pânico, meu corpo foi se aquecendo. Lembrei-me do que você havia me dito na minha casa da árvore naquela tarde, no dia em que usei o feitiço de transporte pela primeira vez. Você disse que se eu voltasse a me sentir daquela forma, eu deveria pensar em algum lugar seguro, em alguém que eu amasse, e eu viajaria até lá. Foi o que fiz. Em questão de instantes, eu me vi parada a salvo diante da porta de entrada da casa das irmãs esquisitas, e não mais nas garras do inimigo. *Oh, meu Deus, Malévola! Você está bem?*, Lucinda me perguntou.

– Pensei estar, não sabia dizer ao certo. Talvez eu estivesse em estado de choque.

– *Nós deveríamos ter sabido! Deveríamos ter sabido que você seria inimiga da natureza depois do que aconteceu nas Terras das Fadas! Fomos burras em não pensar nisso, sentimos muito!*

– E isso fez sentido mesmo sem a explicação das irmãs esquisitas. Eu era inimiga da natureza. Isso parecia certo depois de ter destruído as Terras das Fadas. Eu sabia que merecia. Era minha maldição, e eu temi pela minha filha. E se eu passasse essa maldição para ela?

– *Ah, não! As árvores não a condenarão pelos seus atos! Não se preocupe!*, as irmãs me asseguraram.

O interior da casa das irmãs era muito diferente da minha. Era confortável, aquecido e convidativo. Lembrou-me dos meus anos com você nas Terras das Fadas, com a cozinha acolhedora e as janelas amplas. Do lado de fora da janela redonda da cozinha até havia uma árvore na qual meus pássaros podiam se empoleirar. Fiquei pensando por que não havia aceitado a oferta delas de me levar até lá anos atrás.

— *Estamos prontas para dar início ao feitiço, Malévola. Mas antes, precisamos que esteja ciente dos nossos termos*, disse Lucinda.

— Ruby assumiu o comando: *O feitiço necessita das suas melhores partes. Dessa forma, ela será de fato a sua filha. E, de certa forma, ela será você, mas apenas as melhores partes de você.*

— As irmãs esquisitas sorriram para mim. *Sabemos que o feitiço funciona e prometemos a você que nenhum mal se abaterá sobre você e sobre sua filha.*

— Lucinda me pegou pela mão. *Você concorda em dar à sua filha as suas melhores partes? Você permitirá que a ajudemos ao lhe dar alguém para amar?*

— Eu assenti. *Sim, quero isso mais do que tudo!*, confirmei.

— Lucinda pegou uma bolsinha carmesim de amarrar cheia de um pó muito vermelho de dentro do bolso da saia. Despejou o pó, que estava salpicado por cristais moídos de obsidiana, no chão em um círculo ao meu redor. As irmãs se acomodaram dentro do círculo, no seu limite, criando um triângulo. Lucinda era o pináculo, enquanto Ruby e Martha me ladeavam, e seu poder iluminou a formação com uma luz prateada forte. Não senti medo algum. As irmãs esquisitas não refletiam nada além de amor e devoção a mim.

— Lucinda iniciou o feitiço. *Invocamos todas as divindades, a nova e a antiga/ Para dar a esta fada, a esta autêntica maga/ Uma filha amável e meiga.* E as três irmãs repetiram essas palavras uma vez após a outra. *Invocamos todas as divindades, a nova e a antiga/ Para dar a esta fada, a esta autêntica maga/ Uma filha amável e meiga.*

— Senti uma descarga forte em meu corpo e uma sensação que não pude explicar. Pelo menos, não podia na época. Hoje eu posso porque sei o que aconteceu comigo. Mas tentarei descrever a sensação. Algo estava sendo tirado de mim. Sinceramente, não sei se foi apenas uma reação visceral ao feitiço, mas meu corpo e minha alma reagiram com violência. Acredito que seja porque eu tentava combater o que estava acontecendo. Toda vez que as irmãs diziam as palavras, eu era tomada pela mesma sensação. Foi uma agonia.

— *Invocamos todas as divindades, a nova e a antiga/ Para dar a esta fada, a esta autêntica maga/ Uma filha amável e meiga.*

— A sensação se tornou quase insuportável, e eu quis gritar. Eu estava perdendo muito de mim. Foi como se eu estivesse desaparecendo, me tornando o nada. Senti-me vazia e fria. Mas as irmãs tinham prometido que não me feririam, e eu confiava nelas. Bem quando eu não aguentava mais a angústia, quando não suportava mais a dor e o horrível dilaceramento da minha alma, aquilo terminou.

— Terminou e eu pensei que talvez tivesse morrido, porque estar morto só podia ser aquilo, aquela sensação. Aquilo era sentir que não se existe mais. Mas eu ouvi as vozes das irmãs esquisitas na escuridão. Ouvi-as chamando o meu nome, chamando-me da minha dor, chamando-me da minha inexistência.

— *Malévola, abra os olhos*, era a voz de Martha. *Malévola, veja, é a sua filha.*

— Deitada no chão aos meus pés, no centro do círculo, envolta numa manta violeta, estava a minha filha. Ela era a criatura mais bela que meus olhos já haviam visto, mas não senti amor por ela. Eu sabia que era esperado que eu a amasse. Lembrei-me de querer amá-la antes do feitiço. Mas não amei. O único sentimento que tive foi o desejo de protegê-la. Mas não amei minha própria filha. Senti-me oca e sozinha num mar de escuridão.

– *Que nome dará a ela? Já sabe?*, Lucinda me perguntou quando peguei minha filha pela primeira vez e fitei aqueles lindos olhos.

– O nome dela é Aurora, pois ela é a minha luz que brilha na escuridão.

Capítulo XXVIII

O pesadelo de Aurora

Aurora sentia como se estivesse enlouquecendo. As gargalhadas das irmãs reverberavam pelo seu cômodo, fazendo com que as imagens nos espelhos tremessem. Era como estar aprisionada num ambiente pequeno com pessoas demais dentro, todas elas falando ao mesmo tempo. Era uma cacofonia alta de vozes, pontuada pelo riso histérico das irmãs.

Em um dos espelhos, ela via a prima Tulipa conversando com uma árvore gigante, tão alta que superava o ponto mais alto do castelo. Em outro, viu-se caminhando ao longo de um corredor comprido, cercada por uma luz verde sinistra. Havia algo de estranho com seus olhos. Ela parecia enfeitiçada, quase como se estivesse dormindo. Estava sendo levada na direção de uma roca de fiar. Observou-se tocando a roca e caindo no chão. O som de uma mulher enlouquecida tomou conta do ar. E ainda em outro espelho, Aurora viu seu amado príncipe sendo emboscado por um grupo de criaturas parecidas com javalis. As feras malignas estavam armadas com lanças pontiagudas. Tinham presas horríveis e se pareciam com criaturas saídas das profundezas de Hades. No quarto espelho, Aurora viu Malévola quando jovem, chorando. Alguém chamada Fada Madrinha lhe dizia que seu destino era ser má. A Malévola mais moça não lhe pareceu malvada. Pareceu-lhe inteligente, amorosa e ambiciosa, mas não malvada. Em outro espelho, Aurora viu uma versão mais nova das três fadas boas colocando uma gralha numa gaiola, enquanto em outro, viu-as brigando por causa da cor de um vestido feito para ela. Em outra parte, viu Malévola conversando com uma mulher velha de cabelos prateados, implorando pela ajuda dela com uma maldição que faria Aurora jamais despertar.

As imagens não paravam. Simplesmente continuavam aparecendo diante dos seus olhos, às vezes rápidas demais para que ela as compreendesse. As vozes falavam todas de uma só vez num brado ensurdecedor. Aurora viu um moço numa jaqueta de veludo azul-celeste com fitas andando de um lado a outro num jardim, ensaiando as palavras: "Eu te amo, Tulipa, quer se casar comigo?" uma vez após a outra. Todas as cenas se atropelavam umas às outras, criando um barulho insuportável.

– Pare! – Aurora gritou por fim. Por um instante, tudo ficou parado. Então, tão subitamente quanto haviam parado, os espelhos escureceram. O quarto dos espelhos ficou estranhamente silencioso. Quase silencioso demais depois de todo aquele barulho.

– Mostre-me o meu batizado – ela disse, e observou a cena que apareceu no espelho.

Malévola estava diante da Corte da sua mãe e do seu pai. Estava linda e altiva em seu manto comprido preto e púrpura. Os chifres e a cabeça estavam cobertos por um capuz preto justo, o que criava um efeito ameaçador. Aquela fada parecia uma pessoa completamente diferente da Malévola adolescente que Aurora acabara de ver no outro espelho. Ela incorporava o espírito do mal.

Enquanto a Fada das Trevas se dirigia à corte, falando com todos ali reunidos, Aurora compreendeu que ela estava brava e magoada. Mesmo parecendo estoica e falando num tom de voz agradável, suas palavras eram amargas e despejavam desespero.

– Senti-me um tanto magoada por não ter recebido um convite – ela disse.

Estava claro para a Fada das Trevas que não fora um equívoco ela não ter sido convidada.

– Você não é bem-vinda! – Primavera gritou, tentando atacar a Fada das Trevas com sua varinha em punho. Suas amigas Flora e Fauna lutaram para segurá-la.

– Não sou bem-vinda... Ah, puxa, que situação embaraçosa. Tive esperanças de que isso não tivesse passado de um lapso – disse a Fada das Trevas, afagando sua gralha Diaval com um sorriso malicioso. – Bem, nesse caso, é melhor eu ir embora.

– E não está ofendida, Vossa Excelência? – perguntou a Rainha Leia.

– Oras, não, Vossa Majestade. E para lhe mostrar que não guardo rancor, eu também concederei um desejo à criança. Prestem atenção, todos vocês – a fada terrível ordenou ao bater a ponta do cajado no chão de pedras. – A princesa de fato crescerá graciosa e bela, e será amada por todos que a conhecerem. Mas antes que o sol se ponha em seu décimo sexto aniversário, ela espetará o dedo no fuso de uma roca de fiar e *morrerá*!

A gargalhada das irmãs esquisitas ecoou pelo quarto uma vez mais. Riam tão alto que os espelhos do quarto ameaçavam quebrar.

– Por que acha que a Fada das Trevas se importava ou não em ser convidada para um batizado idiota? Por que ela teria se aventurado no mundo, algo que detestava fazer? Algo que ela evitava fazer a todo custo? O que poderia obrigá-la a fazer tal coisa?

Aurora meneou a cabeça.

– Não sei. Isso não faz sentido.

– Nossa doce menina. Faz todo o sentido do mundo se souber onde olhar. Tantos estão empenhados no seu bem-estar. Até mesmo a Fada das Trevas a mantém no que lhe resta de coração. Ela acredita ter perdido tudo no dia em que você nasceu, mas isso não é verdade. Se não lhe restasse alguma porção do seu antigo ser dentro de si, ela não iria querer protegê-la.

– Ela tentou me matar! – a princesa exclamou.

– Ela tentou matar você para a sua própria proteção! É degenerativo, nossa doce Rosa. Não entende? Nós tiramos quase tudo naquele dia, mas ela se apegou ao que restou. Ela se ateve àquela pequenina luz brilhante em seu coração – as irmãs disseram com sorrisos melancólicos enquanto observavam a princesa confusa.

— Por favor, parem de falar asneiras! — Aurora gritou. — Isso não faz sentido!

— Ah, querida, mas fará. Sim, fará. Nós lhe explicaremos tudo e lhe mostraremos a verdade da sua maldição, com uma condição. Primeiro, mostre-nos nossa irmã!

Capítulo XXIX

Bruxas em julgamento

Tulipa e Popinjay estavam esperando no jardim. Tudo fora arrumado para receberem a Fada Madrinha e as três fadas boas. Violeta lhes levara um gracioso bule de chá acompanhado de sanduichinhos, doces e bolinhos minúsculos decorados em tons pastel. Tulipa estava contente pelo dia ensolarado. Conseguia ver as colinas ao longe, onde as vinhas selvagens e crescidas demais pareciam jazer à espera de Malévola sair da segurança do Castelo Morningstar.

– É tão estranho, não acha? Fico imaginando por que aquelas vinhas não a seguiram castelo adentro.

Popinjay acreditou que talvez soubesse a resposta.

– Oberon, você teve algo a ver com isso?

A risada sonora de Oberon ecoou nos peitos deles.

– Você é muito sagaz, Popinjay. Sim, sou o responsável!

– Por que será que Babá não pensou em ela mesma fazer algo a respeito das vinhas? Ou Circe? – Tulipa pensou alto.

— Há muitas outras coisas com que elas têm que se preocupar, pequena — esclareceu Oberon. — E fico feliz em ajudar.

Tulipa estava começando a absorver tudo o que acontecera nos últimos dias. Na verdade, ela não tivera um único momento para se sentar e pensar no que lhe pareciam séculos.

— Não se preocupe, pequena. Está lidando com tudo isso muito bem. E tem um bom companheiro em Popinjay. Ele pode não falar muito, mas vejo que a ama mais do que tudo no mundo — Oberon disse, sorrindo.

Tulipa enrubesceu perceptivelmente e mudou de assunto.

— Há tantas coisas que não sei a respeito de Babá. Nunca me ocorreu que ela tivesse uma vida excitante antes de vir morar comigo.

Oberon gargalhou.

— Os filhos não costumam pensar nos pais como pessoas reais com vidas próprias. Eles os enxergam num espectro bem estreito. Mas a sua babá, ela é uma fada e uma bruxa admirável. E sei que ela não é a sua verdadeira mãe, mas imagino que ela a tratou como a uma filha adorada.

Tulipa concordou.

— Sim, ela fez isso e ainda faz. Eu a amo muito.

Oberon pensou que fazia sentido que Babá tivesse se encontrado ali. Depois que ele resolvera repousar, ela o procurara em todos os reinos, tentando encontrá-lo. Ele amou e apreciou os esforços dela, mas vivera muitas vidas e estivera cansado. Era a sua hora de descansar. Pareceu-lhe sensato que ela o procurasse em suas origens. E quando ela perdeu a memória, pareceu lógico que fosse atraída para a família de Tulipa – e para a própria Tulipa.

– Tudo acontece por um motivo, pequena. Babá pode ter se esquecido de quem era por um tempo, mas seu coração, sua alma e sua razão de viver permaneceram. Ela foi atraída para você, assim como eu fui.

Tulipa não sabia o que dizer.

– Acha que Babá está bem?

Oberon não temia pelo bem-estar de Babá.

– A sua babá é uma bruxa muito poderosa. Malévola sabe disso. E precisa da ajuda dela.

Antes que Tulipa pudesse fazer a Oberon uma pergunta que a vinha atormentando, Hudson chegou ao jardim para anunciar as convidadas. Pigarreou quando as convidadas se aproximaram.

– Anunciando a embaixadora das Terras das Fadas e antiga protetora da Princesa Cinderela, a Fada Madrinha, que está acompanhada das três fadas boas, Primavera, Fauna e Flora, as guardiãs da Princesa Aurora.

As fadas pareciam estar bem-humoradas.

– Obrigada por nos receber, Princesa Tulipa – disseram em uníssono.

A Fada Madrinha trajava um manto azul de capuz, decorado com um grande laço rosa ao pescoço. Seu cabelo era completamente branco e não prateado como o de Babá. Embora Tulipa não achasse que Babá se parecia com a Fada Madrinha, ela conseguia ver que as duas eram parentes; ambas tinham a pele macia e clara, com uma aura de avó. As três fadas boas seguiam a fada mais velha bem de perto.

Primavera trajava um vestido comprido azul; Fauna, um verde; e Flora, um vermelho e dourado. Todas as três usavam chapéus de bruxa com faixas que os mantinham presos às cabeças. Tulipa achou isso engraçado.

— Bem-vindas à minha Corte. Lamento que minha mãe e meu pai não estejam aqui para recebê-los.

Primavera pareceu aflita e Tulipa percebeu seu erro.

— Ah! Sinto muito, eu não estava pensando direito. Não quis dizer...

Fauna voou até Tulipa.

— Ah, não, minha querida. Lamentamos muitíssimo que seus pais tenham sido pegos no meio disso tudo! Não tem que se desculpar. Somos nós que temos de lhe pedir perdão.

Tulipa ficou confusa.

— Pensei que estivessem aqui para discutir a questão das irmãs esquisitas. — Não teve a intenção de falar com tanta franqueza, mas as palavras simplesmente jorravam de sua boca. Mudou rapidamente de assunto. — Ah, por favor, me perdoem. Deixem-me lhes apresentar o Príncipe Popinjay. Ele está de visita da Corte vizinha além das Montanhas dos Ciclopes.

Flora sorriu.

— Ah, sim, sabemos tudo a respeito do Príncipe Popinjay. Estivemos de olho em você, Tulipa, desde o seu... hum, o seu *encontro* com o Príncipe Fera.

Tulipa se retraiu ante a ideia de que fadas — ainda que fadas boas — estivessem vigiando-a.

— Juro que estou muito bem, Flora. Aprecio a sua preocupação, mas não preciso de uma fada boa. Tenho Babá e Circe para isso.

Os olhos das fadas boas se arregalaram.

— Circe? Não sabíamos! Ela está aqui?

Tulipa ficou imaginando se as fadas ainda desgostavam de Circe.

Flora sorriu.

— Adoramos o trabalho que ela fez com Bela, e com você, e estivemos pensando se ela consideraria a ideia de ser uma fada concessora de desejos honorária.

Tulipa estava tendo dificuldades para ligar essas fadas com as fadas da história que Babá lhes contara.

— Não se inquietam por ela ser parente das irmãs esquisitas?

— Não, querida, nem um pouco. Não desde que as enviamos ao Reino dos Sonhos — Primavera disse.

Tulipa estava contente por Circe não estar presente nessa conversa.

— Estou surpresa que admitam seus papéis na má situação das irmãs tão abertamente, ainda mais aqui, nesta casa. Circe é uma grande amiga da família, e está muito aflita com o estado das irmãs.

Fauna sorriu.

— Oras, querida, não fizemos as irmãs dormirem *exatamente*. Apenas nos aproveitamos da situação. Elas já estavam exaustas por conta da provação com Úrsula, e apenas pensamos que seria melhor se elas ficassem adormecidas por um tempo em vez de despertar quando recuperassem as forças.

Tulipa meneou a cabeça.

– Melhor para quem?

– Bem, melhor para Circe, claro. Melhor para todos, na verdade – Primavera respondeu.

– Primavera, vejo que está se excedendo das suas funções novamente! – A voz séria de Oberon reverberou do alto.

– Oberon? – A Fada Madrinha alçou voo de pronto. – Oberon, é você! Estou tão feliz em vê-lo! – Gesticulou para as três fadas. – Meninas, meninas! Voem até aqui e venham conhecer Oberon!

As três fadas estavam mais que excitadas.

– Estamos tão honradas em conhecê-lo, Rei Oberon!

O gigante Senhor das Árvores lhes sorriu.

– Sim, sim, minhas pequenas, também estou contente em conhecê-las! Acalmem-se, acalmem-se. Há muito o que discutir, muitos problemas para solucionarmos, mas tudo deve ser feito na ordem correta. Primeiro, temos que discutir a questão das irmãs esquisitas. Por que as enviaram para o Reino dos Sonhos? Isso não é permitido sem o meu consentimento.

A Fada Madrinha pareceu pensar a respeito.

– Até agora, eu não sabia que havia retornado, ó Grande!

– Verdade, verdade. Você nunca foi tão observadora quanto a sua irmã. Mas tem outros talentos, dos quais fez uso admirável com sua protegida, Cinderela – Oberon disse. – Mas, minha cara, minha embaixatriz, devo lhe perguntar mais uma vez o motivo de ter decidido banir as irmãs esquisitas.

A Fada Madrinha meneou a cabeça.

– Banidas, não! Isso nunca! Elas têm uma bela vida, meu rei. Estão mais felizes do que jamais foram, adormecidas num mundo projetado por elas mesmas. Guardadas num lugar seguro em que não podem ferir mais ninguém.

– Quem lhe deu o direito de fazer isso? – Oberon insistiu.

A Fada Madrinha pensou por um momento.

– Bem, suponho que eu mesma. Elas vinham fazendo coisas terríveis, ó Grande. Quase mataram Branca de Neve e levaram a mãe dela à loucura!

Primavera intercedeu:

– Depois quase mataram Bela com um feitiço terrível que colocou lobos nas terras da Fera, sem falar que conspiraram para matar Ariel e o pai, o Rei Tritão! E a Fada Madrinha pode lhe contar em primeira mão o papel que desempenharam na história de Cinderela!

– Sim, sim, sei de tudo isso. E algo precisa ser feito – Oberon concordou. – Mas minha preocupação é com você, cara Fada Madrinha. Por que crê ser sua função proteger todas essas garotas? Interferir, mesmo aqui com Tulipa. Você a tem observado mesmo ela estando com sua irmã durante todo este tempo.

– Não sabia que Tulipa era protegida dela. Deixei de sentir minha irmã no mundo depois que ela me ajudou a reparar as Terras das Fadas. Eu não fazia ideia de que isso ocorreu por ela ter perdido a memória. Mas assim que minha irmã começou a se lembrar de quem era, voltei a senti-la neste mundo uma vez mais. – A Fada Madrinha parou por um momento, considerando o que tinha a dizer em seguida. – Perdoe-me, meu senhor, mas quando começou a ser crime proteger jovens princesas de perigos?

Oberon pensou que havia lógica na pergunta. Tecnicamente, ela estava certa. Era direito das fadas concessoras de desejos cuidar dos necessitados. Mas então ficou claro o que o incomodava mais.

– Não é, minha cara. Não é. Mas deixe-me perguntar uma coisa. Por que não encontrou em seu coração o desejo de ajudar Malévola quando ela era uma coisinha pequenina, abandonada na árvore dos corvos?

A expressão da Fada Madrinha se fechou.

– Andou conversando com minha irmã.

Oberon riu alto, uma gargalhada tempestuosa, embora desta vez não parecesse de alegria, mas, em vez disso, de desapontamento.

– Não, minha cara, vi tudo enquanto dormia. Vi tudo. Deixou que uma criança abandonada se defendesse sozinha. Você fez tudo o que podia para impedi-la de florescer.

O rosto da Fada Madrinha estava contraído de arrependimento.

– É verdade. Tudo o que disse é verdade. E sinto-me muito mal por isso.

As três fadas boas se juntaram a ela. Era como se estivessem entoando um cântico de desculpas.

– Ah, nós também sentimos muito! De verdade! Estamos tentando realizar boas ações nos reinos para compensar nosso papel no declínio de Malévola rumo à escuridão!

Oberon considerou essas palavras e encontrou verdade nelas.

– Vejo que todas estão tentando compensar pelo que aconteceu com Malévola. – Virou-se para a Fada Madrinha. – E você em especial parece compreender que as suas palavras naquele dia provocaram a profecia.

A Fada Madrinha baixou o olhar, envergonhada e pesarosa.

– Sim.

– Então, talvez no fim haja esperança para a princesa adormecida. Talvez com a admissão dos seus erros, Malévola encontre o seu caminho para a redenção.

A Fada Madrinha balançou a cabeça.

– Ah, não, não a Malévola. Não acredito nisso. Você sabe que ela amaldiçoou a Princesa Aurora a espetar o dedo no fuso de uma roca e morrer! Ela estaria morta agora se não fosse pelas fadas boas terem mudado essa maldição para uma na qual ela dormiria! E agora ela pretende matar o Príncipe Felipe para impedi-lo de romper a maldição.

Oberon gargalhou.

– Inúmeras histórias como essa vêm sendo contadas ao longo dos anos, e como elas terminaram? Sempre em infelicidade para a rainha ou a bruxa má, sempre com a morte. E sempre elas foram injustiçadas de alguma maneira, por algo ou por alguma pessoa que as colocou nesse caminho. Parte meu coração ter que me opor a Malévola, ainda mais agora que você confirmou ter causado isto. Minha única esperança é que Malévola encontre um modo de se redimir. Minha única esperança é que ela poupe o príncipe e que desperte a princesa adormecida. Mas temo que isso não acontecerá.

Capítulo XXX

A derrota de Babá

Babá não sabia o que dizer ante a história de Malévola. As duas estavam em silêncio quando Hudson entrou na sala. Ele carregava uma bandeja de prata com um pergaminho minúsculo nela.

– Com licença, senhora, mas uma mensagem acabou de chegar com uma coruja. É de Circe. – Ele levou a bandeja até Babá, que apanhou o pergaminho.

– É só isso, obrigada, Hudson – agradeceu Babá. Ao ler a mensagem, não teve como refrear um leve arquejo.

– O que foi? – Malévola perguntou. – Ela encontrou o feitiço?

Babá não respondeu de pronto.

– O que foi? – Malévola insistiu.

– Sim, ela encontrou o feitiço – Babá respondeu.

Malévola sorriu.

– Então ela está a caminho para nos ajudar? Eu sabia que se ela lesse o feitiço, ela entenderia e concordaria em me ajudar.

Babá sacudiu a cabeça.

– Não, ela não está vindo.

Malévola se levantou com o rosto verde de raiva.

– Por quê? Por que ela não virá?

– Porque, Malévola, ela não pode. Ela não está aqui. A casa das irmãs esquisitas levantou voo e mudou de localização.

Malévola se lembrou de ter falado a respeito disso com as irmãs esquisitas há muito tempo, mas pensou que não passasse de devaneios, como elas sempre faziam.

– Sim, elas mencionaram que havia um feitiço de proteção na casa. Eu havia me esquecido por completo! Maldição! Eu deveria ter me lembrado! – Malévola começou a andar de um lado a outro na sala, com o manto esvoaçando atrás dela e a raiva crescendo. – Precisamos de Circe. Precisamos dos poderes dela para romper o adendo das fadas boas à minha maldição. Não conseguiremos efetuá-lo sem ela. Precisamos de três!

– Malévola, acalme-se! Ainda não entendo por que amaldiçoou sua própria filha à morte! E, para ser franca, não creio que nada do que você possa dizer a Circe a convencerá a ajudá-la com isto! E não entendo por que...

Babá se conteve. Estava se familiarizando demais a Malévola, aproximando-se. Percebeu que poderia estar à margem de algum limite se completasse a pergunta.

– O quê? Por que abandonei minha filha? Por que disse às irmãs esquisitas que entregassem-na a você? Não entende? Tenho que lhe explicar tudo? Não viu o que aconteceu com as irmãs esquisitas no decorrer dos anos? Não detectou uma mudança em mim? Sei que sim. Sei que consegue sentir. Sei que já não sente amor por mim. Porque eu entreguei o melhor de mim para Aurora! As minhas partes que você amava. Eu as entreguei. Não resta nada de bom em mim. Ela tem tudo, e antes que meu coração ficasse verdadeiramente corrompido, antes que eu me perdesse por completo, decidi abrir mão de minha filha. Eu me senti me perdendo aos poucos, dia a dia. Senti que me tornava oca e fria. Não sentia amor por ela, então quis que você a tivesse. Quis que você cuidasse dela. Quis que você tivesse o melhor de mim a fim de ter sua filha de volta, mas você a deu! Você a entregou para aquelas fadas horríveis, mesmo depois de tudo o que elas fizeram comigo! Você me fez sofrer muito mais do que qualquer coisa que eu já tivesse vivenciado. Mesmo quando pensei ter perdido você, mesmo enquanto permaneci sozinha por todos aqueles anos, a dor não se comparou à que senti quando você deixou minha filha com aquelas fadas horrendas!

Babá estava de coração partido.

— Eu não sabia! Ah, Malévola. Sinto tanto. Se eu tivesse sabido da verdade, eu jamais a teria dado. — Babá olhou triste para Malévola, obrigando-se a reunir coragem suficiente para lhe perguntar mais uma coisa. — Malévola, ainda não entendo o motivo de você ter amaldiçoado sua filha à morte.

Os olhos de Malévola cintilaram de raiva.

— Ah, você sabe. Olhe dentro do seu coração. A resposta está aí. E se não souber de verdade, então a culpa não é minha. Você tem o poder de enxergar o tempo. Poderia ter descoberto cada parte da minha história, caso desejasse! Você poderia ter me ajudado quando bem quisesses.

Babá sabia que Malévola estava certa. Não poderia argumentar nada em sua defesa.

— Você tem razão, Malévola. Sinto muito, mas agora temos que salvar a sua filha. Você não pode deixá-la dormindo para sempre naquele castelo. Não é tarde demais nem para ela nem para você.

— Então você não sabe mesmo. Se soubesse, não teria me pedido isso. Não posso permitir que minha filha desperte. Não vê...

Mas antes que Malévola pudesse concluir, ouviu um coro de gritos e de arquejos. A Fada Madrinha, Flora, Fauna e Primavera estavam paradas à soleira, com expressões chocadas.

— *Você* é a mãe de Aurora? — a Fada Madrinha perguntou.

— Nós não sabíamos! — Flora exclamou.

— Ah, Malévola! Não é à toa que nos odeia! — Fauna arquejou.

— Sinto muito! Desculpe por não a termos convidado para o batizado! Ah, Malévola! Consegue nos perdoar? Nós não sabíamos — Primavera disparou a falar.

De repente, tudo fez sentido. Tudo se encaixou. Mas as três fadas boas tinham que proteger Aurora — tinham que proteger a Rosa delas.

Não poderiam permitir que ela caísse nas mãos da Fada das Trevas, mesmo que ela *fosse* sua mãe.

Capítulo XXXI

O Livro de Contos de Fadas

Circe e Branca de Neve estavam sentadas uma ao lado da outra quando a casa das irmãs esquisitas se acomodou no lugar. Onde quer que tivessem aterrissado, estava extremamente escuro.

– Branca, fique aqui enquanto dou uma olhada ao redor – disse Circe. – Parece que paramos.

Branca segurou firme a mão de Circe, sem querer que ela se afastasse.

– Vou com você.

Juntas, as duas tatearam ao redor da casa, tropeçando na direção da janela mais ampla. Branca arquejou. Estavam num mar de escuridão cercado por aglomerações de estrelas brilhantes que se moviam como se estivessem dançando a uma música que as mulheres não conseguiam ouvir. Luzes claras verdes e amarelas atravessavam a cortina escura da noite – algo mais belo do que qualquer nascer e pôr do sol que já tivessem testemunhado.

Circe não fazia ideia de onde estavam, apesar de ter a sensação de saber onde não estavam. Não estavam em nenhuma parte dentro dos muitos reinos. Mas, de alguma maneira, inexplicavelmente, sentia-se segura.

– Acho que a casa voltou para seu lugar de origem. O lugar da sua criação. Lembro-me que minhas irmãs comentaram algo a respeito. Alertaram-me que isto poderia suceder se algo algum dia lhes acontecesse, mas, sinceramente, desconsiderei a ideia. Lamento agora a frequência com que não atentei aos desvarios delas, mas tudo o que diziam era em fragmentos e rimas. Era difícil compreendê-las.

Branca de Neve estava surpreendentemente controlada.

– Entendo. Bem, suponho que não haja nada que possa ser feito a respeito. Acredita que Babá tenha recebido a mensagem que você enviou? – perguntou ao andar pelo cômodo, acendendo as velas nas arandelas. Logo o ambiente estava tomado pela luz.

Circe piscou, deixando que seus olhos se ajustassem.

– Acho que sim. Eu a enviei enquanto ainda estávamos nos muitos reinos, antes de deixarmos o mundo que conhecemos. Mas sinto que não há um meio de entrarmos em contato com ela agora.

Branca de Neve foi até a poltrona e apanhou o espelho que Circe usara para se comunicar com Babá.

– Não podemos usar isto?

Circe se esquecera por completo do artefato.

– Vamos tentar!

A feiticeira pegou o espelho.

— Mostre-me Babá! — Nada aconteceu. — Mostre-me Malévola! — Nada ainda.

Circe suspirou e abaixou o espelho. Branca parecia estar pensando.

— E quanto ao Livro das Fadas? — ela perguntou. — Será que ainda está escrevendo as histórias de todos, como vinha fazendo quando minha mãe e eu o pesquisamos?

— Ah, você é brilhante, Branca. Vamos ver! — Circe disse, abrindo o livro. — Ele está! Olhe aqui! Branca, esta cena, entre Babá e Malévola, estava aqui?

Branca pegou o livro e leu as páginas, dando uma passada rápida de olhos nas partes das histórias que já conhecia.

— Estranho, algumas partes mudaram. Apenas uns trechos, aqui e acolá. Não entendo como a magia funciona, Circe, mas você acha que a história está se reescrevendo à medida que novos eventos acontecem?

Circe não tinha certeza, mas parecia-lhe uma boa teoria.

— É provável — disse.

— Interessante. Fico pensando... — Branca virou as páginas para ver o que mais mudara. — Espere, esta história não estava aqui antes.

Branca viu uma bela ilustração de Circe pequena. Era inconfundível. No desenho, Circe estava com as três irmãs mais velhas sob um céu estrelado. Branca nunca vira tantas estrelas antes, mesmo em seu reino encantado. Notou que as irmãs de Circe estavam de pé ao redor dela numa formação triangular, e que havia marcações no chão que brilhavam ao luar. Era uma ilustração estranha, e Branca não sabia como interpretá-la.

– O quê? O que foi? – Circe perguntou, vendo a expressão no rosto de Branca.

Branca de Neve estava com o nariz enrugado e os lábios contraídos. Circe notou que essa expressão significava preocupação.

– A história é a seu respeito.

Circe sentiu uma descarga de choque percorrer todo o seu corpo.

– Não vejo como, Branca! Não. Por favor, vamos pular essa história. – Branca olhou para Circe para verificar se ela tinha certeza disso.

Quando Circe não respondeu, Branca retornou à história da Bruxa Dragão. Passou os olhos pelas páginas para ver se algo novo havia sido acrescentado. Conforme viravam as páginas, lendo a emocionante história que Malévola partilhara com Babá, Circe teve de se perguntar se ainda não existia algo de bom em Malévola. De outro modo, Circe deduziu, ela já teria matado o príncipe. O que a refreava? Circe sabia que as irmãs o teriam matado ou levado a alguma espécie de loucura a esta altura.

– O que foi? Qual o problema, Circe? – Branca perguntou.

A história se parecia tanto com a de Branca que Circe não desejava aborrecê-la ao trazer à tona os acontecimentos do passado dela.

– Eu só não entendo por que ela amaldiçoou Aurora. Todo o resto faz sentido, entendo os motivos dela. Mas não essa parte.

Branca de Neve pousou a mão no rosto da prima e sorriu.

— Isso porque você nunca teve uma mãe que tivesse tentado matá-la. Por piores que sejam suas irmãs, elas evidentemente a amam. Sei que mentiram e que fizeram mal às pessoas. Magoaram você. Mas depois de ler o que elas fizeram por Malévola, como tentaram ajudá-la, parece-me que já foram bruxas boas em algum momento.

Circe pensou que era extremamente generoso Branca dizer isso, considerando-se tudo o que as suas irmãs lhe haviam feito. Então Branca disse algo que a surpreendeu.

— E eu acho que sei por que Malévola amaldiçoou a filha. Acho que sei por que queria que ela morresse.

— Tem certeza?

— Acho que sim...

Capítulo XXXII

A última traição

Malévola mal conseguia conter sua ira. Seria possível que Babá tivesse combinado aquilo com as fadas, fazê-la admitir seus segredos só para partilhá-los com suas inimigas? Fumegava de ódio, à beira de se transformar em dragão.

– *O que significa isto? Como ousa trazê-las aqui?!* – exclamou, com a raiva ameaçando dominá-la.

Babá se apressou para junto dela.

– Malévola, não! Não é o que você está pensando. – Mas Malévola ergueu o cajado, criando uma força invisível que lançou Babá ao longo da sala, até atingir a lareira.

– Você me traiu pela última vez! – Malévola bateu o cajado no piso de mármore. Um barulho medonho ressoou pelo castelo, e chamas verdes saíram da lareira, ameaçando engolfar Babá.

– *Malévola! Já basta!*

Malévola ficou imóvel. Não sabia quem havia falado nem de onde vinha a voz.

A Fada Madrinha correu para junto da irmã e apagou as chamas. Ficou na frente de Babá para protegê-la, com a varinha erguida.

— Malévola, para trás! Não me obrigue a feri-la!

Malévola gargalhou para a velha fada enquanto procurava a fonte da voz penetrante e grave.

— Quem está aí? Quem está falando? — ela chamou.

Observou ao redor da sala, com os olhos amarelos indo de um lado a outro. Babá não acreditara que Malévola fosse capaz de sentir medo, mas soube que ela entendia a magnitude dos poderes de Oberon apenas por conta da voz dele.

— Quem está aí? — perguntou de novo. Malévola emitiu um grito horripilante quando um galho imenso se chocou contra o vidro da janela e a agarrou.

As três fadas boas ergueram as varinhas, criando um domo de luz prateada para proteger todas dos cacos de vidro que caíram ao redor do grupo. Malévola estava presa nas garras de Oberon. Ele a aproximou do rosto de modo a conseguir visualizá-la. Queria ver se ela era tão malvada quanto as outras fadas lhe disseram. O que viu foi mais terrível e decepcionante do que imaginara.

— Como ousa ferir sua mãe? Depois de tudo o que ela fez para protegê-la!

Malévola sabia quem ele era. Reconheceu-o pela estátua no jardim das Terras das Fadas.

— Oberon — chamou com frieza.

O Senhor das Árvores a segurou com mais força ao perscrutar o rosto da Fada das Trevas.

— Não resta amor dentro de você. O seu coração está tomado pelo ódio. Você não me deixa escolha! — Lançou Malévola pelo ar na direção da ameaçadora floresta de espinhos que esteve tranquila à espera. A legião de Senhores das Árvores de Oberon a seguiu em um ritmo surpreendente para criaturas tão grandes. A terra rachou sob as passadas pesadas, formando vales profundos e suscitou um tremor violento do castelo e de suas cercanias.

Enquanto cruzava o ar, Malévola sentiu-se explodindo de calor. Sabia o que estava acontecendo. Estava se transformando. Soltou um urro horrível quando uma tempestade de chamas verdes surgiu num inferno que rivalizaria a Hades. Fez um círculo de volta ao Castelo Morningstar, incendiando tudo. Abaixo, Oberon e os Senhores das Árvores lançaram rochas gigantes nela. Malévola disparou uma torrente de fogo sobre o exército de Oberon. Suas chamas explodiram no chão, engolfando os soldados dele. Depois e bateu as asas e virou na direção de sua casa.

Diaval! Meu querido! Junte meus pássaros. Leve-os em segurança. Conduza-os para casa.

Diaval reuniu todos os corvos e todas as gralhas de sua senhora, exceto Opala, a qual não conseguiu encontrar. *Opala! Nossa ama necessita de nós.* Mas ela não respondeu. Ele teve esperanças de que ela não tivesse se ferido na guerra que acontecia abaixo. E seguiu em frente.

Malévola voou na direção do seu castelo o mais rápido que pôde, desviando-se das rochas gigantescas. Sabia que se conseguisse chegar à divisa das suas terras, os Senhores das Árvores não seriam capazes de segui-la. Olhou para trás para o impressionante exército de árvores e para a floresta de espinhos que diminuía a distância até ela. Ao lançar mais uma sequência de chamas, foi atingida por uma rocha. Sua asa ferida jorrou sangue, e ela se sentiu caindo na direção de um torreão em ruínas. Malévola tentou desviar a trajetória, mas as asas estavam sendo dilaceradas pela saraivada de rochas atiradas nelas de todas as direções, fazendo com que ela adernasse na torre, destruindo-a e aterrissando no meio dos escombros. As vinhas assumiram o comando com rapidez, envolvendo-a. Sufocavam-na, fechando-lhe a boca de modo a impedir sua respiração. Malévola estava indefesa.

Oberon e seu exército se aproximaram. Ela sentia as vibrações do peso deles na terra; sentia o chão instável debaixo de si começando a ceder. Iriam esmagá-la. Malévola sentiu as mãos enormes deles enfiando-se entre os espinhos uma vez e depois outra, tentando encontrá-la naquele emaranhado que a engolfava. Ela sangrava onde os espinhos pontiagudos espetaram sua pele, e teve certeza de que morreria ali. Então, sem qualquer planejamento, sentiu-se pequena de novo. Na verdade, estava tão diminuta que as árvores não conseguiriam encontrá-la na floresta densa de espinhos. Malévola voltara à sua forma – sangrava e estava machucada, mas era ela novamente. Lembrou-se do dia em que fora atacada a caminho da casa das irmãs esquisitas e de como elas tornaram o céu escuro para ajudá-la.

– Convoco toda a fúria do inferno para trazer a escuridão para estas terras e me dar o poder para superar essas repugnantes aberrações da natureza!

O céu se tornou tão negro que Malévola não conseguiu enxergar nada. Ainda estava enterrada debaixo dos galhos.

– Parados! – ela exclamou e os galhos ficaram imobilizados na escuridão, criando uma grande abertura no buraco criado pela figura do dragão. Malévola correu o mais rápido que pôde, desviando-se dos golpes terríveis dos Senhores das Árvores enquanto tentava encontrar seu caminho em meio à floresta retorcida. Gargalhou quando explodiu uma imensa rocha com sua magia antes que ela a atingisse. Despejou sua fúria, dizimando tudo o que cruzava seu caminho, lançando ondas de destruição em todas as direções. Malévola esmagou os espinhos e estilhaçou alguns membros dos Senhores das Árvores. Até incendiou outros com uma explosão do seu cajado.

Oberon permaneceu em meio às ruínas da floresta, chorando. Segurando os restos dos seus generais nos braços, ele emitiu um berro horrendo que ecoou em muitas terras. Seus lamentos provocaram a chuva que extinguiu as chamas de Malévola. Tentara acabar com a Fada das Trevas e perdera.

Sob a proteção da escuridão, Malévola voltou em segurança ao seu castelo.

Capítulo XXXIII

Lar

Malévola estava aliviada por estar em casa de novo. *Fiquei afastada durante um período longo demais,* refletiu. Desperdiçara seu tempo ao procurar a ajuda daquelas destinadas a traí-la. Fora tola ao acreditar que poderia confiar em Babá – confiar em qualquer um além de si mesma.

A Fada das Trevas estava só, como sempre. E resolveria seu problema sozinha. Cuidaria da questão do Príncipe Felipe.

Malévola ficou diante do espelho em seu quarto mal iluminado. A única fonte de luz vinha das chamas verdes na lareira. A luz dançava, criando sombras ameaçadoras nas gárgulas de pedra que a espiavam dos quatro cantos no alto do quarto e de cada lado da cornija da lareira. As gárgulas que ladeavam a lareira eram mais altas do que ela, tendo pelo menos um metro e meio a mais. Malévola ficou imaginando se um dia foram criaturas vivas porque, em raras ocasiões, ela conseguia detectar uma centelha de vida em seu interior.

Seu rosto verde a encarou no reflexo do espelho enquanto tentava se recobrar, controlando a raiva. Precisava estar com a cabeça no lugar para aquela batalha. Não enfrentaria apenas Felipe. Enfrentaria também uma boa porção do reino da magia.

– Malévola, por favor, pare isso agora. Não é tarde demais. – Era Grimhilde, tremeluzindo no espelho. Malévola fechou os olhos, desejando que ela fosse embora. Não queria ver o rosto da velha rainha naquele instante.

– Minha amiga, não posso deixar que minha filha viva. Você não entenderia.

Grimhilde ficou calada e imóvel.

– Não mesmo? Tentei matar minha filha! Mais de uma vez! Se alguém pode entender, esse alguém sou eu! Atente às minhas palavras, Malévola, você *morrerá* se enfrentar o Príncipe Felipe. Está escrito no Livro dos Contos de Fadas. Não há garantias de que você habitará outro reino depois que seu corpo morrer! As irmãs esquisitas não estão aqui para protegê-la!

Malévola sentiu o rosto arder de raiva.

– Está tudo escrito, então? Predeterminado? Por que nos importamos em viver então?

Grimhilde suspirou.

– Eu gostaria de poder fazer mais, mas meus poderes são limitados fora do meu reino. – Grimhilde pareceu entender que nada do que pudesse dizer convenceria a amiga a desistir de tamanha loucura. – Se insiste em morrer hoje, então, por favor, saiba que a amo.

Malévola sentiu um aperto no estômago, a região em que mantinha todo o seu sofrimento, o lugar em que mantinha a mãe adotiva, as irmãs esquisitas, a filha e sua antiga identidade.

– Sei disso, Grimhilde. Obrigada.

– Não é tarde demais – Grimhilde insistiu. – Você pode libertar o príncipe. Pode pedir às fadas que o enfeiticem de modo a não se lembrar de quem você é ou do que você lhe fez. Elas lhe devem ao menos isso! Você pode despertar sua filha. Vá até seu calabouço e o liberte, Malévola. Tudo isto pode terminar!

Malévola pareceu considerar o conselho de Grimhilde. Em seguida, seu rosto enrijeceu. Estava impassível e praticamente imóvel antes de dizer, apenas:

– Não.

– Por quê? Por favor, deixe seu orgulho de lado, e sua raiva também. Isto não se trata de Aquela das Lendas nem das fadas. Sei que elas a traíram, mas, por favor, não permita que sua raiva a consuma. Não mate sua filha porque outros a magoaram. Não as estará punindo ao fazer isso. Estará punindo a si própria! Estará fazendo mal a Aurora!

Malévola se perguntou por que ninguém enxergava suas motivações. Era tão simples para ela, tão óbvio. Mas ninguém, nem mesmo aqueles que um dia lhe foram próximos, sabia seu motivos. As irmãs esquisitas compreenderiam, apesar de seu desejo de que a princesa permanecesse acordada, e teriam se deliciado com o desastre que criariam ao fazê-lo.

– Tenho que matar o Príncipe Felipe. Não entende? Ele é o amor verdadeiro dela. Eles se apaixonaram sem saber que estavam prometidos um ao outro. Ele renunciou ao seu lugar no reino do pai por causa do amor que sentia por ela, sem saber que era com ela que deveria se casar. Se ele a beijar, ela *despertará*! Tudo isso é mesmo muito perfeito. Predestinado, como se tivesse sido escrito há muitos anos e eles estivessem apenas desempenhando seus papéis. E, claro, eu desempenhei o meu, a Rainha do Mal, destinada a manter os dois amantes separados! E por quê? Por eu me ofender ao ter sido excluída de uma lista de convidados? Não! Foi o fato de a minha mãe adotiva ter me traído ao entregar minha filha para aquelas fadas horríveis que me fez querer que minha filha morresse no seu décimo sexto aniversário? Tudo parece bem simples, não é? Existem tantos motivos mundanos para escolher. Mas ninguém enxerga a verdade. Ninguém vê por que preciso manter minha filha em segurança!

Lançou o cajado longe num acesso de raiva, provocando um som alto.

— Por que acha que escolhi o décimo sexto aniversário dela? Acredita que escolhi um número arbitrário em detrimento de outro? Recebi todos os meus poderes no meu aniversário de dezesseis anos e destruí as Terras das Fadas. Quase matei todos a quem amava quando encarnei meus poderes, e eu não quero isso para a minha filha. Ela terá os meus poderes. Ela provavelmente já deve estar apresentando sinais deles a essa altura! Não quero que ela sofra como eu sofri. Estou tentando poupá-la dessa dor. Ela precisa continuar nas Terras dos Sonhos!

Grimhilde compreendia. Compreendia mais do que qualquer outra pessoa.

– Eu entendo. E concordo.
– Mesmo? De verdade?
– Sim. Se você acredita que ela tem os seus poderes, se existe uma chance, por menor que seja, você tem que protegê-la. Não pode permitir seu despertar, mesmo que para tanto tenha que matar o Príncipe Felipe.
– Obrigada, minha amiga.
– Agora vá, salve sua filha!

Capítulo XXXIV

A Rainha do Mal

Malévola estava nas entranhas do castelo, onde fazia sua grande magia. *Minha importante magia.* Seus lacaios estavam ali, dançando nas chamas verdes, enquanto ela afagava seu querido Diaval. Teve de arrancar todos e tudo da mente. Tornara-se vulnerável nos últimos dias e fora traída. Estava sozinha e pertencia aos corvos. As criaturas dançavam em sua honra. Pertenciam a ela e faziam suas vontades. Começou a se sentir como antes, do modo como se sentira antes da aventura até o Castelo Morningstar. Seu poder estava voltando para ela naquele lugar, no seu lar, no seu ambiente de força. Sabia que era a Fada das Trevas, mas se questionou: teria mesmo que matá-lo? Tinha que matar o príncipe?

Enquanto os lacaios dançavam nas chamas, ela pensou em Felipe, sozinho em sua cela, e seu ódio por ele cresceu. Ele era uma ameaça à segurança de sua filha. E ela faria qualquer coisa para manter a filha a salvo. Impedindo-a de se tornar o monstro que ela própria era. E ao afagar Diaval enquanto assistiam às festividades, ela pensou que seria bom prestar uma visita ao príncipe.

— Que lástima o Príncipe Felipe não poder se juntar a nós nesta festa. Venha, temos que ir ao calabouço para animá-lo.

Diaval conduziu o caminho ao longo do salão, que era vigiado pelos lacaios de sua ama. Desceram por uma escadaria comprida e cilíndrica que circundava a torre leste, numa parte ainda mais escondida do castelo. Ela levava ao calabouço, onde Malévola ordenara que seus súditos aprisionassem o príncipe. Diaval se empoleirou numa coluna saliente enquanto sua ama usava uma chave em forma de esqueleto para destrancar uma pesada porta de madeira, que gemeu ao ser aberta. Ela encontrou o Príncipe Felipe da maneira que esperava, acorrentado à parede com a cabeça pensa. Ele estava exausto e desesperado. Ela faria mesmo aquilo? Matá-lo-ia? Assumiria o papel de Fada das Trevas? A Rainha do Mal? Mas já se resignara a esse papel. *Foi escrito assim. É assim que as coisas têm que ser.*

— Ah, o que é isso, Príncipe Felipe, por que tanta tristeza? Um futuro maravilhoso o espera. Você, o herói destinado por um conto de fadas a se realizar. — A Rainha do Mal moveu a mão acima da esfera do seu cajado, enfeitiçando-o de modo que o príncipe pudesse ver ser futuro. Malévola resolveu que não teria que desempenhar seu papel à exatidão. Poderia tomar um caminho diferente. Talvez ainda pudesse poupar o príncipe e manter a filha a salvo. E talvez, apenas talvez, ela mesma pudesse sobreviver. — Veja, o castelo do

Rei Estevão. E, ao longe, na torre mais alta, sonhando com seu amor verdadeiro, a Princesa Aurora. Mas note o capricho do destino: oras, é a mesma camponesa que conquistou o coração nobre de um príncipe ainda ontem. Ela de fato é uma mulher extraordinária; o dourado da luz do sol nos cabelos; lábios que humilham a rosa mais vermelha; num sono eterno, ela repousa. Os anos se passam, mas uma centena de anos não passam de um dia para um coração imperturbável, e agora os portões do calabouço se abrem, e nosso príncipe está livre para partir. Cavalgando em seu esplêndido garanhão, uma figura valente, ereta e imponente, para despertar sua amada com o Beijo do Amor Verdadeiro e provar que o amor conquista tudo. – Malévola gargalhou com o brilhantismo de seu plano maligno. Gargalhou ao ver o príncipe se debatendo contra as correntes, ao perceber que ela pretendia mantê-lo ali por cem anos. – Venha, meu querido, vamos deixar nosso nobre príncipe com esses pensamentos felizes. Tenha um bom dia.

Ao trancar o calabouço atrás de si, ela sentiu um alívio percorrê-la.

– Pela primeira vez em dezesseis anos, dormirei bem. – Malévola seguiu o caminho para sua torre, reconfortada com o pensamento de que sua filha estava segura. Queria sentar-se e pensar. Queria comentar seu plano com Grimhilde para ver se ela achava que sua decisão de manter o príncipe vivo fora acertada, mas Diaval estava gritando estridentemente. Ela ouviu o clamor de armas e acreditou que seus lacaios estivessem brigando entre si, sendo os tolos que eram.

– Silêncio! Diga àqueles tolos que... Oh, não!

Malévola: a Rainha do Mal

Meu precioso. Meu velho amigo.
Diaval fora petrificado! E ela sabia quem eram as responsáveis.
As três fadas boas!

Capítulo XXXV

O fim da Fada das Trevas

Aurora não compreendia por que as irmãs esquisitas simplesmente não diziam o nome da irmã caçula para provocar sua aparição no espelho. As feiticeiras permaneciam malignas e distorcidas diante dela em seus vestidos brancos esfarrapados. *Espere. Quando elas trocaram de roupa?* A cabeça de Aurora girava. *Alguma coisa daquilo tudo era real? Por que essas bruxas me atormentam?*

– Porque, minha cara, este é o seu sonho. Invadimos o seu canto do cenário onírico, e você controla os espelhos daqui. Agora diga o nome de nossa irmã! Mostre-nos Circe!

Relutante, Aurora fez o que lhe pediram.

– Mostre-me Circe.

Imagens de Circe apareceram em todos os espelhos, mas aquela no espelho mais à sua direita chamou-lhe a atenção. Aquela Circe parecia estar olhando diretamente para Aurora. Isso provocou calafrios em sua coluna, os quais ela não conseguia explicar. Havia algo de enervante a respeito dessa imagem de Circe. Era como se ela conseguisse enxergar a alma da princesa. Mas as irmãs não pareceram notar; elas estavam concentradas em outro espelho, onde a Rainha Grimhilde gritava com Circe, ameaçando matá-la.

— Farei com que a Rainha Grimhilde apodreça nas profundezas do Hades por isso! — Ruby exclamou, mas Lucinda agora estava preocupada com o que acontecia em outro dos espelhos.

— Psiu! Irmãs, não creio que isso já tenha acontecido! Mas olhem!

No outro espelho, Circe estava em casa, lendo os livros das irmãs esquisitas, procurando por algo desesperadamente.

— Oh! Branca! Acho que encontrei! Acho que encontrei o que Malévola disse. É um feitiço! — Circe disse em pânico. As irmãs esquisitas observaram quando Circe empalideceu. Ela parecia doente, como se estivesse prestes a desmaiar.

— O que foi? — Branca se apressou para junto de Circe e colocou suas mãozinhas nas dela. — Você está bem? Venha se sentar aqui. Vou buscar um pouco de água. Você está péssima.

— Tire suas mãos de nossa irmã! — Ruby berrou. Mas Branca não conseguia ouvi-la.

— O que essa horrenda rainha chata está fazendo em nossa casa? — Martha gritou, mas Lucinda aquietou as irmãs. Ela queria ouvir o que Circe estava dizendo.

— Agora eu entendo. Tudo faz sentido. Tudo. Cada um dos maus feitos. As manias das minhas irmãs. O meu poder. Tudo.

— Não! — Os gritos das irmãs esquisitas tomaram conta do ambiente, mas elas se distraíram com alguns dos espelhos que agora mostravam fragmentos de imagens de Malévola.

— Irmãs, vejam! É Malévola!

Ruby lançou um olhar maligno para Aurora.

— Por que está mudando os espelhos? Pedimos para ver nossa irmã!

— Ruby! Veja! Os Senhores das Árvores irão matar Malévola! — Martha exclamou.

— Não é assim que ela morre! Não é assim que termina! — Lucinda gritou, tomada pelo pânico.

— Não, irmãs, vejam! — Ruby disse, apontando para outro espelho, no qual o príncipe fugia do castelo de Malévola no seu cavalo branco, com a ajuda das malditas fadas boas. Do parapeito do castelo, Malévola brandia seu cajado, convocando a bruxaria. Bradando as palavras do seu feitiço maligno, Malévola controlou as vinhas cheias de espinhos, fazendo com que elas circundassem o castelo do Rei Estevão.

— Boa garota! — Lucinda exclamou. — Você controla a escuridão, sua malvada! Crie uma tempestade tenebrosa! Cerque o castelo de espinhos! — Ela olhou para as irmãs. — Isto é o que está acontecendo agora! Ela está perseguindo o príncipe!

Lucinda estava preocupada que as fadas boas pudessem ajudar o príncipe, e temia que elas superassem Malévola. Pegou uma pequena foice em formato de lua crescente do cinto ao redor do corpete e cortou a mão. Esticou a mão com a palma para cima e deixou que o sangue se empoçasse ali até haver o bastante para escorrer pelos dedos, pingando no chão.

– Irmãs, venham.

Ruby e Martha estenderam suas mãos longas parecidas com garras, permitindo que Lucinda cortasse as palmas com um golpe ligeiro e descortês. Aurora observou horrorizada quando as irmãs esquisitas apoiaram as mãos ensanguentadas no espelho enquanto Lucinda proferia as palavras:

– Deixe-nos ajudar essa bruxa, a verdadeira fada, e ver em seu coração a que está destinada.

As irmãs esquisitas começaram a convulsionar, estremecendo incontrolavelmente enquanto repetiam as palavras, desta vez mais alto.

– Deixe-nos ajudar essa bruxa, a verdadeira fada, e ver em seu coração a que está destinada.

Naquele momento, as irmãs esquisitas conseguiam enxergar o coração da Fada das Trevas. Sabiam que ela queria matar o príncipe. Sentiam o que ela sentia agora – toda a tristeza, a solidão, a raiva e a dor. O peso disso tudo era esmagador.

É assim que a história termina. Isto é o que eu sou e o que sempre fui destinada a ser. Eu sou a Rainha do Mal.

As irmãs esquisitas sentiram frio ao ouvir Malévola pronunciar tais palavras, viram a si mesmas jovens, todas diferentes, muito diferentes de como eram agora. Lembraram-se da garota que amaram, a jovem que elas esperaram jamais ver este dia. A pequena fada bruxa que quiseram proteger. De repente, sem saberem como, a perspectiva delas mudou; voltaram para si mesmas, sentindo-se diferentes, como eram de novo. Estavam ansiosas em ver Malévola abraçar seus poderes e seu destino sombrio. Vê-la controlar a escuridão e usá-la em seu benefício. Sempre souberam que este dia chegaria, mesmo que em certa época tivessem desejado o contrário. As bruxas que eram hoje sabiam que isso estava fadado a acontecer, e que elas próprias desempenharam um papel ainda maior do que o da Fada Madrinha ao levar Malévola até ali, naquele ponto na linha do tempo. A hora que Babá sempre vira. O momento que Babá temera com todo o seu ser.

Babá só não as vira, as irmãs esquisitas, escondidas por trás dos espelhos. Onde sempre estavam.

As irmãs esquisitas sabiam que Malévola não se trairia. Elas sabiam que ela já não temia matar o príncipe, ainda mais agora que ele se debatia em meio à floresta em direção à adormecida Aurora. Ela era a rainha de todo o mal! Mas elas foram arrancadas de seus devaneios pelos gritos terríveis de Aurora enquanto Malévola se antepunha confiante ao príncipe, com um inferno verde a envolvê-la. Os inimigos se enfrentavam na ponte levadiça do castelo do Rei Estevão, e os poderes de Malévola chegavam ao ápice. As irmãs nunca a tinham visto tão poderosa. O choro histérico de Aurora as distraiu. Lucinda levou a mão ao rosto de Aurora, a princípio quase que com carinho, e depois a empurrou para trás. A princesa caiu com suavidade, quase como se estivesse flutuando em marcha à ré até o chão.

— Durma, criança! Durma na Terra dos Sonhos! — as irmãs gritaram juntas.

Martha arquejou ao ver Malévola surgir numa tempestade de nuvens negras e roxas, crescendo e assomando-se ao castelo. Estavam ligadas a ela através do feitiço criado pelo sangue. As irmãs voltaram a tremer com violência, as mãos sangrando sobre os vestidos brancos puídos e sujando as peles brancas de porcelana. A primeira a despencar no chão foi Ruby, depois Martha. Lucinda permaneceu de pé, fazendo o que podia para confortar as irmãs e impedir que se machucassem durante a convulsão. Estavam largadas no chão, tremendo e gritando palavras sem sentido, os olhos revirados para trás. Então, de repente, ficaram completamente imóveis e silenciosas. Os olhos se projetaram nos globos oculares. Lucinda só via o branco dos olhos delas, e entendeu que agora poderia se comunicar com Malévola através das irmãs. Apoiou a mão direita no coração de Ruby e a esquerda no de Martha, formando manchas escuras de sangue no vestido desta por conta do corte na palma da mão.

– Aceite o seu destino, Malévola! Morra, se preciso for, para manter sua filha em segurança! – Lucinda gritou. Sorriu ao ouvir Malévola responder:

– Agora terá que lidar comigo, príncipe! E com todas as forças do inferno!

Lucinda observou quando Malévola cresceu, subindo acima das nuvens tempestuosas que se chocavam no céu tumultuado. Sentia o poder que atravessava a Fada das Trevas durante sua transformação, fazendo com que ela se sentisse mais magnífica do que antes, e Lucinda soube em seu coração que Malévola finalmente assumira sua real identidade.

Seu verdadeiro ser.

A Rainha do Mal.

Enquanto se transformava na fera extraordinária, Malévola não sentiu dor. Ela amava estar na sua forma de dragão. Desejou ter aceitado seu lado mau muito antes; talvez assim suas transformações não tivessem sido tão dolorosas. Se ao menos não tivesse se oposto a quem era por tanto tempo... Deliciou-se em destruir o príncipe. Queria saborear o sangue dele e sentir-lhe os ossos se partindo entre suas mandíbulas poderosas. *Vou salvar minha filha. Hora de morrer!* Sua mandíbula horrenda estalou para o Príncipe Felipe, a dor dos golpes da espada dele nem era percebida. Ela tinha um objetivo. Mataria o príncipe para salvar a filha. E adoraria isso. Permaneceria em guarda por toda a eternidade, protegendo Aurora de qualquer um que desejasse despertá-la. Nada mais importava. Estava livre. Finalmente seria capaz de dar à filha a única coisa que ninguém fora capaz de dar a Malévola: paz.

O grito de Lucinda ecoou nos ouvidos de Malévola.

– A espada! Estão enfeitiçando a espada! – Mas era tarde demais.

– Agora, Espada da Verdade, voe livre e segura que o mal morre e o bem persevera – Flora entoou.

O príncipe lançou a espada enfeitiçada no coração do dragão. Seu grito ecoou nos muitos reinos, reverberando nos corações dos que um dia amaram a Fada das Trevas. Eles sentiram a dor dela enquanto ela usava seu último respiro para lançar uma labareda de fogo para o príncipe antes de despencar no precipício da sua derrocada.

O príncipe esperou encontrar o corpo do dragão caído na base do precipício, mas viu apenas sua espada cravada nas vestes vazias de Malévola. Estava acabado. O jovem príncipe tirara a vida de Malévola para poder começar a sua.

Capítulo XXXVI

A ira de Circe

Lucinda sabia que não havia nada a fazer para salvar Malévola. Estava acabado. Nenhum feitiço a traria de volta à vida, e não havia corpo algum para ressuscitar. Não restava nada da Fada das Trevas. Olhou para as irmãs no chão e resolveu não acordá-las. Estava exausta demais para lidar com a dramaticidade inevitável que tomaria conta das Terras dos Sonhos quando as irmãs soubessem que a Fada das Trevas perdera a batalha contra o Príncipe Felipe. A única coisa que confortava Lucinda era saber que Malévola finalmente estaria livre do tormento – que nos seus momentos finais ela estivera feliz, porque aceitara quem de fato era.

– Não! – Circe gritou em um dos espelhos.

Lucinda girou ao redor, em frenesi, procurando a filha.

– Estou bem aqui – Circe estrepitou, encarando Lucinda no espelho à extrema direita.

Lucinda nunca vira Circe tão brava, e tão triste.

– Minha querida! Estou feliz em ver você – Lucinda disse.

– A morte de Malévola é culpa sua! O feitiço maligno não teria funcionado se ela não tivesse aceitado seu lado mau!

Vocês se meteram nas vidas de pessoas demais. Causaram mortes demais. Destruição demais!

– Nós só queríamos ajudá-la, Circe! Nós lhe demos alguém para amar!

– E para isso vocês a destruíram. Tiraram tudo dela e deram para a menina deitada no chão! Malévola só passou a ser má depois que vocês fizeram o feitiço para criar Aurora, assim como se destruíram ao me criar!

Lucinda meneou a cabeça.

– Circe, não! Você não entende!

– Entendo tudo, mãe. E se você deseja voltar a andar no mundo dos despertos e me ver em carne e osso uma vez mais, você apagará as lembranças dessa garota. Você se certificará que Aurora não se lembrará de nenhum dos últimos acontecimentos. Nenhum! E deixará de atormentar Branca de Neve em seus sonhos! Está entendendo?

– Sim, eu entendo – Lucinda disse com sobriedade, levando a filha a sério.

– Agora, me diga, você acredita que Aurora tenha herdado os poderes da mãe? – Circe perguntou.

Lucinda pensou nos maiores atributos de Malévola. E seus poderes estavam entre eles.

– Bem, minha querida filha, você herdou os *nossos* poderes. Tenho que concluir que Aurora tenha herdado os da mãe também.

– Entendo. – Circe pareceu pensar, imaginando o que fazer.

Lucinda suspirou.

– Não era assim que a história deveria ter terminado.

— É exatamente como a história deveria ter terminado. É o único modo como *poderia* ter terminado a partir do instante que você e suas irmãs invadiram a vida de Malévola! Vocês destroem tudo em que tocam! Vocês são correntes de destruição detestáveis, arruinando tudo o que lhes aparecer pela frente!

Lucinda estava atônita. Apenas continuou parada, deixando que as palavras da filha a cobrissem como um dilúvio de tristeza.

— Voltaremos a nos ver um dia?

Circe olhou para a mãe.

— Se fizer o que lhe pedi, levarei isso em consideração. Se não, então não, nunca mais me verá!

— Farei o que me pede. Mas você terá que fazer o feitiço para refrear os poderes de Aurora. Não sou forte o bastante, não aqui. Faça isso logo. O príncipe está a caminho do castelo. Ele está prestes a despertar a princesa adormecida com seu beijo. Procure no Livro dos Contos de Fadas e veja o objeto que precisa usar para completar o feitiço. Encontrará o espelho no meu quarto.

Circe queria fazer muitas perguntas à mãe. Queria saber como Lucinda sabia dessa parte da história que estaria no Livro dos Contos de Fadas. Queria saber se as três temidas tinham enfeitiçado o livro. E também queria saber o que acontecera a Ruby e a Martha. Mas não havia tempo. Precisava neutralizar os poderes da princesa.

Circe faria esse último esforço por Malévola. Garantiria que Malévola não havia morrido em vão.

Lucinda gesticulou para apressá-la.

— Vá, filha, agora! Eu cuidarei de tudo aqui. Vá e faça a sua magia.

Capítulo XXXVII

Eram duas vezes

Circe estava de pé na casa das mães. Estava exausta e entorpecida, encarando um espelho que já não mostrava mais a imagem materna.

– Circe! O que aconteceu? – Branca de Neve perguntou. Parecia assustada, e Circe não a culpava por isso. Tudo fora lançado num caos quando Aurora chamara Circe no espelho. Mesmo agora, ela não entendia como a princesa conseguira fazê-lo.

– Preciso do Livro dos Contos de Fadas, rápido!

Branca apanhou o livro e o entregou a Circe.

Circe o folheou para encontrar o que procurava.

– Veja, aqui, Branca! Ela tinha razão! Eu neutralizo os poderes de Aurora usando este espelho!

E antes que ela corresse para o quarto da mãe para executar o feitiço, abraçou Branca com força, sem querer soltá-la. Circe estava feliz porque Branca de Neve estava ali com ela. Não sabia o que os dias seguintes reservariam ou como encontrariam o caminho para longe daquele lugar escuro. Não sabia o que aconteceria com as mães nem se resolveria despertá-las. Mas o que ela sabia, pela primeira vez, era que tinha uma família de verdade em Branca de Neve, Babá e Tulipa, e que não queria outra coisa senão voltar para o Castelo Morningstar para poder contar a Babá e a Tulipa o restante da história de Malévola.

FIM

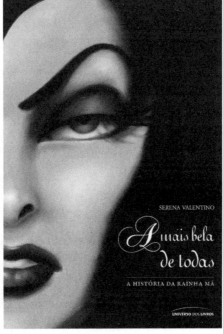

A Mais Bela De Todas

Ela é a primeira vilã da Disney. Apesar da beleza exuberante, é invejosa e extremamente má. Capaz até de pedir a um caçador o coração da doce e ingênua princesa do reino, ela chega a envenenar uma maçã para conseguir se livrar de sua rival.

Mas toda história tem dois lados, não é verdade? Será que você conhece realmente a origem da Rainha Má? Este livro vai lhe contar uma história desconhecida até então. Ela é sobre amor e perda, com uma pitada de magia. Descubra aqui o que se esconde por trás do olhar enigmático da mais bela de todas...

A Fera em Mim

Um príncipe amaldiçoado se isola em seu castelo. Poucos o viram, mas aqueles que conseguiram tal proeza afirmam que seus pelos são exagerados e suas garras são afiadas – como as de uma fera! No entanto, o que levou esse príncipe, que já foi encantador e amado por seu povo, a se tornar um monstro tão retraído e amargo? Será que ele conseguirá encontrar o amor verdadeiro e pôr um fim à maldição que lhe foi lançada?

Em *A fera em mim*, conheça a história por trás de um dos mais cativantes e populares contos Disney de todos os tempos: A Bela e a Fera!

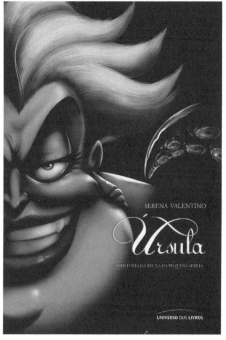

ÚRSULA

Descubra neste livro todos os segredos do passado de Úrsula. Desvende qual era o seu papel no reino de Tritão, o motivo de sua expulsão das dependências reais e, principalmente, como ela se transformou na temida Bruxa do Mar, que enfeitiçou a encantadora princesa Ariel.

Toda história tem dois pontos de vista, não é mesmo? De que lado você está?